INSOUPÇONNABLE

DU MÊME AUTEUR

LE BLACK NOTE, *roman*, 1998
CINÉMA, *roman*, 1999
L'ABSOLUE PERFECTION DU CRIME, *roman*, 2001, ("double", nº 36)
INSOUPÇONNABLE, *roman*, 2006, ("double", nº 59)
PARIS-BREST, *roman*, 2009

TANGUY VIEL

INSOUPÇONNABLE

LES ÉDITIONS DE MINUIT

7, rue Bernard-Palissy, 75006 Paris
www.leseditionsdeminuit.fr

ISBN 978-2-7073-2064-3

1

Il y avait la nappe blanche qui recouvrait la table et dont avec effort maintenant on pouvait se souvenir qu'elle avait été blanche, lumineuse sous l'effet du soleil quelques heures plus tôt, dressée de cristal et d'argenterie sur pourtant de simples planches de bois posées sur de simples tréteaux avec lesquels toute la soirée il avait fallu que les pieds composent pour ne pas écrouler l'édifice.

Combien étaient-ils, les invités en ce jour de fête, qui avaient commencé par promener dans le jardin leurs coupes de champagne proposées dès l'entrée par une haie de serveurs en vestes blanches, si raides et impassibles qu'on ne savait plus si c'était à leurs corps ou à leurs vestes elles-mêmes qu'il fallait accorder ces adjectifs, raides et impassibles, présentant chacun leurs plateaux remplis de coupes à demi pleines, incapables de sourire, dressés pour servir, et disant seulement ce bonsoir aimablement sec à chaque fois qu'une main se tendait vers eux pour se saisir d'un verre. Bonsoir, leur était-il répondu, sans que les regards, ni celui du serveur ni celui de l'invité, ne se croisent, obnubilés chacun par le verre à prendre et si fiers, les invités, d'assister aux noces d'Henri Delamare et de Lise, Delamare aussi désormais.

Ç'avait pourtant été une belle fête, ce mariage, elle comme une adolescente au milieu de la foule conviée, et le faste affiché de cette bourgeoisie de province mêlant les cousins, les amis et les toujours mêmes serveurs aux doigts musclés sous leurs plateaux d'argent dont la raideur, à mesure que la soirée avancerait, trancherait encore plus avec la rumeur montante de la noce et les rires champagnisés de chacun.

Et chacun d'abord s'était extasié sur le paysage de mer, à discuter de l'île dont on apercevait les contours au loin, qui par ce temps si clair déchiquetait l'horizon et fascinait de distance mais aussi de contraste, là même où le soleil tomberait un peu plus tard, noircirait l'eau, le ciel, l'île à même teinte obscure et sourde, là où la lune, plus tard encore, s'y substituerait au millimètre pour éclairer fadement, non plus l'île ni ses contours rocheux mais cette même table fatiguée, saoule des conversations déjà évanouies, du brouhaha qui aura plané toute la soirée sur la noce, blagues, sentences, rires, et Henri ce soir-là en roi du monde.

Il faudra bien s'y faire, ai-je pensé, à ce nom et à cette maison, à ce mariage inoubliable, dirait Henri. Oui c'est vrai, penserais-je, inoubliable. Et comment j'aurais fait pour oublier, même dix ans plus tard, ce moment où je m'étais retrouvé à côté d'elle, Lise, ce même après-midi dans l'affreuse salle des mariages à signer les registres, la grosse main du maire qui tenait le livre ouvert à la bonne page, son gros doigt qui montrait où signer, et ma main tremblante, forcément tremblante qui rendait tout ça légal et propre, puisque j'étais le témoin.

C'est elle qui me l'a demandé, Lise, d'être témoin, et la question de seulement me dérober ou de lui déplaire, je crois qu'elle ne m'est pas venue à l'esprit, ni ça ni rien qui contrevienne au désir d'une sœur quand je l'ai accompagnée dans la salle en la tenant par le bras, Henri derrière nous, et il ne manquait plus que la musique qui va avec.

Mais qu'avais-je à faire là, Lise, dans cette salle ce jour-là, puis sur les marches de l'hôtel de ville, dans ce costume mal seyant qui contrastait tant avec la robe blanche, effrontément virginale, du mariage célébré avec lui, qu'avais-je à faire dans la file maintenant des félicitations, attendant mon tour avec le même air joyeux emprunté à mes voisins de queue, attendant de t'embrasser et de murmurer comme chacun quelques mots ruminés à ton oreille, bonheur et longue vie, t'ai-je dit sans tremblement dans la voix. Mais cette poignée de main entre toi et moi, Lise, on aurait dit qu'elle contenait tous les secrets de la terre prêts à s'envoler sur la place, et pour rien au monde à ton tour tu n'aurais laissé s'échapper ton regard du sol froid de la mairie, si terrible était-il, ce seul regard posé par toi sur moi et qui cachait si mal les sentiments mêlés de honte et de foudre à l'intérieur de nous, de honte et de foudre, comme si tout, tout ce que personne ne savait jusqu'alors, tout ce que personne ne devrait jamais savoir, avait jailli en pleine lumière, éclairé par les vitres, distribué sur chacun, et qu'ils m'avaient regardé, tous, les quelques cent personnes qui ensuite t'embrasseraient et te jetteraient du riz au visage.

Bonheur et longue vie, Lise.

Le pire, le pire c'est qu'à cet instant j'ai été capable de le penser vraiment, avec ta main que je tenais si serrée, que jamais je n'aurais lâchée si à l'instant même je n'avais pas croisé le regard presque inquiet de celui dont l'alliance désormais brillait à l'annulaire.

Si fier aussi de réunir tant d'amis, dira-t-il autour de cette table, autour de la nappe blanche où chaque couteau sur sa lame reflétait encore le soleil déclinant, la ligne démarquée de l'horizon et jusqu'à l'herbe grasse du jardin quand il n'a pu s'empêcher de se lever pour leur porter un toast, selon cette impossible expression que lui seul peut-être osait encore employer, un toast. À Lise bien sûr, à ce nouveau soleil dans ma vie, a-t-il dit, à vous tous, a-t-il continué, à votre présence si chaleureuse, enfin au bonheur, a-t-il lancé sous les salves d'applaudissements qui ponctuaient ses paroles avant qu'il ajoute, faisant taire d'un geste le clapot de ses hôtes, que pour seul bémol il voulait excuser l'absence de son frère, son cher Édouard qui n'avait pu être présent ce soir-là mais qui, n'en doutez pas, continua-t-il, est avec nous par la pensée.

Il en a dit des conneries ce soir-là, à cause de

l'alcool et l'émotion liée, et parce qu'il était comme ça, Henri, quand il buvait il parlait et il disait n'importe quoi. Plusieurs fois dans la soirée, me prenant par le bras, il n'a pu s'empêcher de me présenter autour de lui : Je vous présente mon beau-frère, disait-il en tirant sur son cigare, le frère de Lise, Sam, il s'appelle Sam, hein Sam ? Et je répondais oui, c'est comme ça, je m'appelle Sam, et je souriais.

Mais surtout, a repris Henri, c'est mon nouveau partenaire de golf, hein Sam, c'est quelque chose le golf ?

Ça, pour être quelque chose, ai-je pensé. Et je suis retourné me servir un verre.

Vous savez qu'il joue de mieux en mieux ? quand pour la quarantième fois il allait raconter la même blague de golfeur, sa blague préférée quand la politesse et même la condescendance l'avaient déserté depuis longtemps, sa blague préférée que bien sûr il ne se priverait pas de placer ce soir, en une occasion pareille. Et pour une fois qu'il y avait des gens qui ne la connaissaient pas.

C'est l'histoire d'un type qui joue comme un dieu, des coups magnifiques. Alors il arrive au départ du trou n° 1 et il frappe : la balle est parfaite, deux cent cinquante mètres, droite, parfaite. Il marche vers sa balle, s'apprête à jouer un nouveau coup magnifique, mais juste avant de jouer ce coup magnifique, hop, il donne un petit coup de pied dans la balle. Alors celui qui l'accompagne lui dit : Mais fais attention, ça compte comme un coup. Je sais, je sais, il lui répond. Puis il se remet devant la balle et à nouveau il frappe une balle magnifique, à trois mètres du drapeau. Bon. À nouveau il marche, s'approche de la balle très bien placée, il n'a plus qu'à faire un joli putt mais non, au lieu de ça il redonne un petit coup de pied dans la balle. Alors celui qui l'accompagne et voit son manège s'approche de lui et lui dit : Mais enfin tu joues magnifiquement et tu gâches tous tes coups avec un coup de pied stupide ? ! Non, non, c'est rien, qu'il lui répond, c'est juste que je m'entraîne pour quand je fais équipe avec Sam...

Et pour la quarantième fois elle a fait rire tout le monde sauf moi, sa blague. Moi j'ai seulement souri parce que j'ai vu Lise qui riait beaucoup, et dans son rire il y en avait pour couvrir mon silence. Mais ce soir-là encore il s'est tourné vers moi et il a ajouté : On ira s'en faire un dimanche, hein, Sam ?

Et comme d'habitude j'ai répondu : Bien sûr, Henri, bien sûr.

Mais dans toutes les soirées il y a un angle mort. Dans toutes les soirées, ai-je dit à Lise, il y a des choses qu'on peut faire et que personne ne saura jamais. Lui, tellement occupé à mille fanfaronnades, mille conversations oiseuses, alors à un moment j'ai pris Lise par la main, disons, d'un simple coup d'œil c'était comme si je l'avais prise par la main et elle m'a rejoint là, sur la terrasse mal éclairée qui bordait la maison et on s'est éloignés dans l'obscurité du parc. Elle, saoule aussi dans la nuit, titubant à en marcher sur sa robe, la musique qu'on entendait s'éteindre à mesure des pas obliques sur l'herbe humide, je prenais son bras pour ne pas qu'elle tombe. Et ça nous faisait rire, à cause de l'habitude qu'on avait déjà des ruses et des détours pour se retrouver quelquefois cinq minutes, dans n'importe quelle grange ou paysage qui voulait bien de nous, alors pourquoi pas aussi le jour de ton mariage ? lui ai-je dit. Elle, son verre à la main, au bord du trébuchement, à essayer d'éviter de renverser le vin sur sa robe, mais je suis mariée, continuait-elle à dire, Sam, il ne faut pas, et elle riait encore plus à mesure qu'on devenait secrets, alcoolisés plus que de raison, elle qui minaudait presque, disant : Sam, je suis ta sœur, laisse-moi, en même temps qu'elle prenait ma tête dans ses mains et qu'elle la rapprochait de sa bouche, qu'elle continuait de m'étreindre en la serrant sur la mienne pour être sûre qu'elle ne s'en aille pas, ma bouche, de la sienne.

Mais ça, c'était sûr que ça n'arriverait pas, selon cette loi infaillible du mélange de désir et d'alcool capable d'étouffer n'importe quelle autre loi dite morale, n'importe quelle forme de pudeur, n'était en dernière mesure la menace d'un autre homme qui pour le coup était trop occupé à se pavaner, ce mari fantoche et piètre qui nous ferait rire tous les deux longtemps encore, pire qu'un Charles Bovary, pensais-je, me souvenant de ce regard plat et satisfait de lui, de son impuissance béate, et c'était pareil pour lui, non pas Charles mais Henri, largué dès les premiers regards, assez naïf ou voulant l'être pour laisser le soir de son mariage deux êtres au fond d'un jardin défaire frénétiquement les vêtements l'un de l'autre, et profiter de l'obscurité à peine, d'un buisson à peine pour se laisser tomber l'un sur l'autre et s'embrasser et rire et plus encore.

Mais faut-il appeler cela naïveté qu'un homme de cinquante ans se remarie à une jeune fille de la moitié de son âge et dans quelles conditions si luxueuses, presque indécentes, ai-je eu bien souvent sur les lèvres, repensant à la manière dont il l'avait rencontrée, repensant à tout ce qui faisait qu'on en était là, dans cette situation absurde, pensais-je, absurde, ai-je dit à Lise, depuis ce moment où il avait pour la première fois posé sa main sur sa cuisse à elle, dans l'autre une coupe de champagne qu'il avait payée le prix qu'on paye dans ces endroits-là : le prix du luxe, ai-je repensé, mais que ce luxe comprenait une âme et que cette âme se prénommait Lise, et que Lise c'est pas n'importe qui, que Lise c'est quand même ma sœur, lui disais-je encore à elle ce soir-là, saoul comme j'étais, et que je vais aller lui dire, je vais aller lui dire que tu n'es pas ma sœur, je vais aller lui dire la vérité, à Henri, et qu'on a prévu un kidnapping, un kidnapping, oui, voilà ce qu'on a prévu avec ma sœur, parce que c'est un mot qu'on prononce mieux quand on est bourré, KIDNAPPING, ai-je dit encore plus fort. Et elle me disait de me taire maintenant, de me calmer, parce que c'était juste une histoire de semaines désormais, une histoire de patience désormais, et que maintenant de toute façon, maintenant Sam on ne peut plus reculer. Et je continuais à bafouiller, à rire en même temps, de l'idée seulement que tu sois ma sœur, Lise, que c'est absurde, aurais-je encore hurlé si elle, avec un doigt qu'elle a mis sur sa bouche comme une ultime mise en garde, avec l'autre main dont elle me caressait la joue, elle n'avait pas chuchoté : insoupçonnable, Sam, insoupçonnable.

Alors moi, allongé là sur l'herbe au creux d'elle, j'ai regardé la nuit dans le ciel, les yeux soudain noirs de Lise, et j'ai repensé à comment on en était arrivés là.

2

Parce qu'il y avait toutes ces soirées où même sobres, ils arrivaient à s'amuser, eux, les professions libérales et les chefs d'entreprise, les vendeurs de voiture et les banquiers souriants, ces soirées où les filles tournaient vers chacun d'eux, et le plaisir pris par eux à les rendre presque esclaves, des coupes de champagne offertes le premier soir en échange d'une main sur leur cuisse, aux nuits inavouées qui n'en finissaient pas, certaines, de fatiguer leurs corps.

Ils venaient là chez eux, sinon la crainte qu'on les ait vus entrer, mais à peine déposées leurs vestes au vestiaire ils devenaient affables comme dans une boulangerie, les rideaux tirés qui leur conservaient discrétion et anonymat, de sorte que de la rue on supposait qu'il y avait là un simple bar. Et pour en être un, c'en était un, de bar. Un bar de nuit, dit-on de ces endroits comme jolie périphrase, pour ne pas dire les mots qui fâchent.

Depuis longtemps elles avaient oublié d'en pleurer ou de s'en plaindre, de ces contrats passés les uns avec les autres, quand se séparant avant l'aube, tous, ils savaient ce qui les liait, les faisait taire, et ce qu'ils aimaient du secret là-dedans : ce pied d'égalité qu'ils se sentaient avec elles et elles avec eux. L'égalité dans le silence, ai-je toujours pensé de ces soirées, que c'est cela qu'ils partageaient en vrai et pour toujours, quand s'effaçait pour quelques heures l'infranchissable séparation des mondes, de ces hommes grossis par l'âge et le trop bon vin contre ces filles souriantes et comme tenues en laisse par leur maquillage et la lumière des tables. Il y avait les élus de la ville et les vieux riches autour, les parvenus et les bandits locaux, il y avait ce qu'on imagine de ce monde, répondant comme à l'image archétypale, parfaitement établie, de l'argent sale et du stupre. Et parmi elles toutes encore ayant oublié que leur sourire est un effort, il y avait Lise bien sûr.

J'y suis allé quelquefois, dans ce bar, et j'ai vu : avec Lise c'était différent, ai-je souvent pensé en les regardant faire au fond de la salle, en les regardant sourire et trinquer et passer leurs mains dans le dos d'elles toutes, avec Lise c'est différent, elle qui pour rien au monde n'aurait accepté plus que d'être saoule en fin de soirée, elle qui avait appris toutes les formules qui retardaient jusqu'à l'impossible le moment que pour beaucoup ils espéraient, prêts à caresser de billets neufs son épaule ou sa joue, de cette manière de dire qu'il aurait suffi qu'elle se lève et les suive. Mais c'était comme un gain pour eux, cette attente, cette pudeur et retenue à la fois, racontait-elle ensuite, qui leur laissaient comme l'impression qu'elle se donnait encore plus à eux, à force de détours pour y parvenir. Mais ils n'y parvenaient pas, jamais. Ni Henri ni aucun.

Alors chaque matin, comme une habitude morne elle tournait la clé dans la serrure et ça faisait comme un réveil pour moi, vers les cinq ou six heures. Son manteau à peine tombé, elle vidait chaque poche où pouvaient se tenir cinquante, quelquefois cent euros qu'elle déposait machinalement sur la table avant de se laisser tomber sur le lit, avec cette impression qu'elle donnait de se coucher chaque jour en plein début des choses, à cause de ce décalage absolu et obligé de l'aube qui l'accueillait fatiguée, saoule malgré elle et nauséeuse un peu. Et je la regardais faire, maintenant éveillé, croisant par hasard le visage de moi dans le seul miroir de la seule pièce qui faisait office d'appartement, et pensant à la nuit passée pour elle, à la journée s'annonçant pour moi, de moins en moins détendu sur le canapé, de plus en plus le verre à la main, dans l'autre la télécommande de la télévision, comme si, répétant chaque jour les mêmes gestes inutiles j'effaçais pour un temps l'image de moi dans un canapé, toute la sainte journée devant la télévision et regardant tout, les informations, les téléfilms, les jeux, les sports, mais c'est instructif, disais-je à Lise quand elle se levait l'après-midi, ou bien : ça occupe, selon que je me sentais la force ou pas de justifier mon temps.

Mais cela, ce que je faisais ou ne faisais pas de mon temps, elle ne le voyait plus, quand elle s'activait pour seulement vider le cendrier trop plein, remplir le frigidaire, et penser à haute voix que tout ça va changer, fière déjà de penser un lendemain, la télévision qu'elle éteignait quelquefois, et rêvant bien sûr, rêvant d'une vie meilleure, persuadée de vivre au-delà de la mer, au-delà de nos verres et des murs tristes qui fermaient l'appartement, assise en équilibre sur cent mille « peut-être » qu'elle remplaçait indifféremment par des « bientôt » et des « demain », quand dans la même soirée elle serait successivement fleuriste, femme politique, écrivain, comme successivement elle envisageait de reprendre des études, de piloter un avion et successivement se servait elle aussi un verre, puis un autre, et j'irai aux States, concluait-elle en souriant. Et je souriais aussi. Alors elle regardait la pendule suspendue au mur derrière moi et toujours ou presque je pouvais parier qu'il était minuit, de cette façon biologiquement réglée par laquelle j'aurais pu étudier paramètre après paramètre l'influence de chaque chose sur ses paroles, l'influence de la nuit tombée, celle de l'alcool, le silence alentour, les aboiements des chiens, et mesurer mot pour mot le sens de ses phrases et le crescendo quotidien de ses projections. Puis, d'un instant à l'autre, plus rien, le silence, le cendrier bombé de mégots, la porte claquée, la nuit vraie.

Mais s'il y en a un qui un jour te force, pensais-je chaque soir quand je la voyais partir, celui-là il mourra. Et lui pas moins que les autres, Henri donc, qui venait dans ce bar depuis des mois, depuis qu'il était veuf, disait-il pour se dédouaner, et demandait toujours Lise, ou ne la demandait plus, parce que Lise naturellement, pourvu qu'il entrât, l'accueillait dès le seuil d'un bras glissé sous son coude et elle l'accompagnait à sa table, s'asseyait avec lui, à côté de lui sur le large canapé mais tout contre, cuisse contre cuisse dans le tintement de leurs verres. Je les ai vus plusieurs fois et plusieurs fois aussi elle me l'a raconté : mon meilleur client, parvenait-elle encore à ironiser, mes meilleurs clients, corrigeait-elle aussitôt, parce que forcément, forcément là où il y avait Henri, il y avait Édouard son frère. Il y avait, ai-je compris depuis, tous les personnages de cette histoire. Mais c'est bien le problème que votre histoire, quand elle commence, elle ne sait pas qui elle emmène avec elle.

Édouard et Henri Delamare, commissaires-priseurs associés, était-il écrit sur leur carte de visite qu'ils avaient si souvent laissée à Lise, à force d'avoir oublié l'avoir déjà donnée, à force de fins de nuits houleuses et titubantes quand il suffisait que la porte du bar se referme pour qu'à l'intérieur ils se sentent chez eux, dans cette franc-maçonnerie du désir, ai-je souvent pensé, où entre frères on ne craint pas d'être trahis. Et combien de fois, Lise et moi, on avait su rire d'eux, de leurs prénoms impossibles, Édouard et Henri, à supposer leurs père et mère se pencher sur un calendrier poussiéreux, très poussiéreux, riait-on, les prénommant sans scrupules l'un Henri et l'autre Édouard, quand on les imaginait encore enfants, habillés de bleu et de blanc sortir de toutes les églises du département, promis à un brillant avenir. Mais quand on les connaît ensuite, ces deux-là, on a seulement du mal à les imaginer sortir d'une église, comme on a seulement du mal à imaginer qu'ils ont été enfants, eux dont le brillant avenir accompli semblait aux heures nocturnes laisser son éclat dans la rue pour se ternir volontairement de la noirceur des bas-fonds, des bas-fonds, disais-je à Lise, et des désirs secrets.

Et même pas secrets, les désirs qu'ils éprouvaient pour Lise, Henri surtout, sa manière de contempler ses jambes, de poser une main grasse sur son genou ou d'effleurer ses seins en feignant l'accident mais de tout faire pour qu'elle cède, que les quelques marches qui les séparaient d'une chambre où elles toutes s'agenouillaient devant eux, que Lise à son tour s'y plie. Elle ne s'y plia pas, Lise.

Alors il y a cela de curieux et de mathématique dans le désir des hommes, que la résistance au lieu de rabattre l'ambition la fait plus grande encore, et par quelle loi physique explique-t-on cela : ce qui s'est passé à force d'être éconduit, c'est qu'il a fini par vouloir plus que son corps refusé. Il a fini par l'aimer, cet imbécile. Pas assez imbécile pour lui dire je t'aime, pas assez imbécile pour une déclaration de cet ordre, mais assez imbécile pour qu'elle rentre un matin et me dise : il veut m'épouser.

...

J'ai bien entendu ça : il veut m'épouser.

Et comment j'ai éclaté de rire au départ, comment j'ai trouvé ça drôle, de vouloir épouser Lise, t'épouser, Lise, mais ces gens-là se croient donc tout permis, ces gens-là ne renoncent donc devant rien ? Et elle-même riait avec moi, choquée encore d'une pareille proposition, choquée d'avoir réussi ce qu'aucune d'entre elles jamais n'avait réussi, ce qui même tacitement était exclu de ces nuits, c'est-à-dire transformer en amour ce qui n'était d'abord que l'envie d'un corps parmi d'autres, de son corps à elle parmi d'autres, et que ce n'était pas de chance au fond, pas de chance pour lui, Henri, d'être tombé sur elle.

L'épouser, répétais-je, l'épouser, comme si dans le pire des mondes nocturnes on s'était retrouvés dans un siècle ancien, et qu'alors lui il s'était cru dans un temps comme ça, de pruderie, de moralité et de bienséance, contrastant tellement avec ces lieux où même l'amour on l'achète à coups de champagne et de vestes de marque, de voitures de luxe et de récits de voyage, quand il racontait des heures durant ses plongées sous-marines dans la mer Rouge, me racontait-elle à son tour le lendemain, où on voit des poissons qui ne sont même pas dans le dictionnaire.

Mais au lieu de rire longtemps comme elle aurait dû faire d'une idée pareille, qu'un type comme ça veuille refaire sa vie et s'entiche d'elle jusqu'à la demander en mariage, au lieu de rire maintenant elle était comme un astronome qui découvre une nouvelle planète, comme si dans une telle proposition il y avait eu pour elle, chiffré comme un hiéroglyphe, le programme établi du changement.

Je me souviens du son de sa voix ce matin-là, quand nous deux accoudés au rebord de la fenêtre, nous deux silencieux de longues minutes, tout cela qui d'un bloc semblait s'entretenir avec nous et nos regards fixés l'un sur l'autre, je me souviens quand elle a fini par dire : c'est l'occasion ou jamais, Sam.

Mais l'occasion de quoi, Lise, l'occasion de quoi ?

3

Alors cette nuit du mariage on serait restés là jusqu'à l'aube, allongés sur l'herbe, le vent à peine pour oublier l'alcool, si une voix qu'on commençait à connaître ne nous avait interrompus, une voix lointaine et qui criait Lise, une voix presque inquiète, et qui nous faisait dire qu'il était temps maintenant de reprendre nos places dans la fête.

Maintenant la lune jetait sa lumière sur la table, sur les couteaux, et il y avait longtemps déjà que le reflet des lames avait disparu sous les traces mélangées de nourriture, de sauces, de graisses, longtemps aussi que la nappe avait oublié d'être blanche, supportant dans sa fatigue, dans ses froissures, les verres aux trois quarts vides, rougis de vin séché, quelques-uns renversés qui faisaient comme des obus translucides, sinon le mien, se tenant droit, rempli à nou-

tous description

veau pour la énième fois. Peut-être il était trois heures, quatre heures du matin sur la nappe grise et violette de taches, et les quelques tasses qui signalaient ici et là des buveurs de café ou d'eau-de-vie, dont l'odeur, mélangée à celle du tissu vineux, à celle des mégots froids qui se mouraient écrasés dans les soucoupes, à celle de la mer descendante qui semblait elle aussi avoir quitté la table, dont l'odeur donc aurait pu écœurer les convives si tous, les uns après les autres, n'étaient déjà partis se coucher.

Mais pas moi. Moi je ne suis pas parti me coucher. Quand bien même la fête avait duré jusqu'à quatre heures et qu'il semblait qu'elle avait commencé des siècles auparavant, je me suis endormi là, à même la table, le nez dans une assiette. Il y avait la voix d'Henri qui continuait de résonner sur l'eau sombre, ses blagues faciles qui toute la soirée avaient forcé les rires à s'éclater sur la nappe autrefois blanche, poisseuse ensuite d'autant de salive et de bruit pour rien, sa voix que j'entendais encore comme un fantôme dans mon sommeil éthylique : On va faire un golf, dimanche ?

Dans ma tête plus tard, de cette nuit-là il resterait comme un bruit blanc, effacé et neutre, et qui dans sa régularité sortie de nulle part, m'avait bercé comme un train en marche. Et j'étais comme un enfant à dormir sur cette table, au milieu de personne, tandis qu'eux tous avaient rejoint leurs chambres à l'intérieur de l'immense maison qui le lendemain matin, orientée comme elle est, recouvrirait d'ombre le jardin. C'est ce même froid de l'ombre qui me réveillerait, le froid du matin humide et de l'air salé, de cette maison si grande qui dominait l'océan et qui semblait n'avoir appartenu jamais à personne d'autre qu'à lui, Henri, qui avait ce soir-là plus encore que d'habitude joué le rôle du maître de maison, entouré de ces domestiques modernes qu'on loue pour une soirée, pourvu que le costume rappelle, aurait-il pu dire lui-même, le faste d'antan.

Mais le faste d'antan, il avait disparu quand je me réveillerais ce matin-là des regrets plein la tête, à cause tout simplement d'avoir trop bu, n'ayant pas pris soin de boire la quantité d'eau qui aurait apaisé la migraine au réveil, la bouche pâteuse, les jambes tordues sous les simples planches de bois posées sur les simples tréteaux qui ne s'étaient pas écroulés.

Les yeux gonflés par trop de fatigue, j'aurais payé cher pour croire que tout cela n'avait pas eu lieu autrement qu'en rêve, payé cher cette demi-seconde qu'autorisait mon réveil, à interroger la division de la réalité et du sommeil, quand tout se confond encore. Mais ensuite non, Lise qui est venue jusqu'à la fenêtre de sa chambre et a ouvert les rideaux, je l'ai vue. Je crois même qu'elle m'a souri, j'ai supposé qu'elle m'avait souri parce que je la voyais mal, dans mes yeux pris par l'alcool, dans ma sécheresse intérieure, cette même sécheresse que l'air du large, humide et neuf, venait narguer de sa santé vivifiante, de sa pureté sans conditions qui avait déjà nettoyé l'odeur sale de la table, effacé les traces de bruits, et redonné au jardin sa virginité silencieuse. Ce matin-là j'aurais voulu me réveiller dans une cage d'escalier, au bord d'un boulevard périphérique ou dans une raffinerie en marche, n'importe où pour ne pas sentir ça : la capacité du monde naturel à se régénérer sans moi.

4

Quand j'ai sonné le dimanche suivant chez Henri et Lise, il y avait l'étiquette sur la boîte aux lettres et les deux prénoms calligraphiés comme sur une carte de visite, *Lise et Henri.* Il y avait le tintement de la sonnette qu'on entendait du dehors et on l'entendait, le tintement, circuler dans la maison, puis les bruits de pas vers la porte. Et c'est Lise qui m'a ouvert. Mais ce n'était plus Lise ce jour-là pour moi, non, c'était madame Delamare.

C'est peu de dire que je m'en souviendrai longtemps, de cet instant, d'avoir hésité entre une poignée de main et une embrassade, d'avoir rougi et cherché des mots possibles, avant qu'on comprenne ou digère l'un et l'autre qui se trouvait en face. Presque on aurait dit qu'elle avait habité là toute sa vie, tellement les allées et les fleurs, tellement tout lui semblait si familier. J'ai déposé mon sac de golf dans l'entrée, elle m'a dit qu'Henri avait un peu de retard, mais qu'il n'allait pas tarder, que je pouvais m'asseoir si je voulais.

On est restés un moment comme ça, et elle n'osait pas parler, elle assise dans ce fauteuil en face de moi, et elle jouait avec ses mains, tirait sur sa jupe, elle me regardait quand je ne la regardais pas, et inversement, et je n'osais pas parler non plus. On était comme deux fous immobiles se taisant l'un et l'autre, deux masses névrotiques suffisamment intenses et égales en folie pour se neutraliser un temps. Madame Delamare a de grands yeux clairs, qui paraissent plus grands encore quand on ne se parle pas, qu'on attend que le café coule et que le mari rentre.

Ce mariage, j'ai quand même osé dire, c'était peut-être en trop.

Elle n'a pas répondu, calée comme un animal mort dans les plis du fauteuil, et mon presque dépit ce jour-là quand je projetais sur ses mains maladroites la gêne et la honte qu'elle avait eues de m'ouvrir la porte, de me servir à boire, de s'asseoir en face de moi, et la peur en filigrane qu'Henri se doute de quelque chose, qu'il ait deviné, non pas ce qui allait se passer mais que quelque chose allait se passer. Et c'était pareil, ou assez, quelque chose c'était assez pour que tout rate. Que tout rate et qu'on le fasse quand même, m'a souvent dit Lise, parce que c'est le risque à prendre. Le risque à prendre avec tout dans la vie. Que tout rate mais qu'on le fasse quand même.

Et par instants j'arrivais à oublier ce pour quoi j'étais là, en face d'elle, sans que l'idée même que nos mains s'approchent, l'idée que nos regards s'étendent, non, rien de tout ça ne soit possible. On ne touche pas sa sœur, disait son regard. C'est vrai, on ne touche pas sa sœur.

Cela, je ne sais pas ce qui t'a pris, Lise, ce qui a traversé d'un point à l'autre ton esprit ce jour où tu m'as présenté Henri, quand au lieu de tout ce qui était prévu et parfait elle a dit : Je te présente mon frère. Elle ne devait pas dire ça, elle devait dire « je te présente un ami », elle a dit « mon frère ». Et moi j'ai bien entendu, aussi incongru que ce fût, aussi délirant, j'ai bien entendu « mon frère » et dans ma tête j'ai fait l'opération lentement, tellement il fallait penser de choses à la fois, saluer sans ciller, sourire, trouver une formule et en même temps réfléchir, réfléchir que si j'étais son frère, alors elle, Lise, elle était ma sœur. Et tout ce que j'ai trouvé à dire à Henri dans la foulée de ça, c'est « je ne vous présente pas ma sœur ».

Mais qu'est-ce qui t'a pris, lui ai-je dit plus tard, qu'est-ce qui t'a pris de me faire passer pour ton frère ? Et elle seulement elle rigolait, elle disait que c'était plus drôle comme ça, et moi je lui ai dit que je n'avais pas trouvé ça drôle, qu'il aurait suffi de pas grand-chose pour que ça se voie sur ma tête, pour tout faire rater et que non, ça n'avait rien de drôle.

Et maintenant tu ris moins, Lise, de voir ton frère avec un sac de golf dans la maison de ton mari, maintenant tu ris moins dans le silence de ton nouveau foyer, pensais-je encore pendant que les minutes s'accumulaient lourdement sur la table, sur les tasses qu'elle avait disposées maintenant devant nous et qui attendaient, comme nous, que le café coule.

C'est quand même étrange, ai-je fini par lui dire, l'absence d'Édouard au mariage, c'est étrange tu ne trouves pas ? Et elle a dit que oui, qu'elle ne savait pas, mais que je pourrais lui demander moi-même puisqu'il nous retrouverait au golf. Je n'ai pas relevé, j'ai seulement dit « ah, je ne savais pas qu'Édouard jouait avec nous », tandis que j'avais déjà le regard ailleurs, de celui venu là pour comprendre ce qu'il y faisait, dans cette maison si riche, tellement l'argent collait au mur, la vaisselle et les meubles de style.

Parce qu'il était riche, Henri, de ces fortunes qu'on dirait sans origine, ancestralement constituées et qui semblent ensuite génétiquement transmises au dernier de la lignée, lui Henri comme le dernier de la lignée, ainsi qu'il l'exhibait si fièrement sur les murs du salon, dans l'escalier, de portrait en photographie exposés partout : le père, le grand-père, l'arrière-grand-père, le grand-oncle missionnaire et la grand-tante austère, jusqu'à l'aïeul fondateur réduit à l'antique formule familiale de « celui qui a fait fortune », sans que depuis longtemps on ne veuille savoir si cela fut sur le dos des esclaves noirs dans le port de Nantes, ou des ouvriers tués à la tâche dans quelque usine de la révolution industrielle, mais ayant seulement, Henri, dans ce regard haut qu'il portait, l'air de dire que cette fortune, cette rente à vie il avait su la faire fructifier, peut-être la doubler, et échapper ainsi à la menace qui pèse sur toute fortune : l'implacable mécanisme des générations, me dirait-il souvent, l'une qui construit, la suivante qui conserve, et la troisième qui consomme. Mais pour l'instant, dirait-il aussi plus d'une fois, cela nous est épargné. Et à la place du « pour l'instant » faussement fatal, je pouvais implicitement traduire « grâce à moi ».

Grâce à lui, pensais-je, grâce à lui, tandis que parmi les photographies familiales je ne pouvais m'empêcher de fixer celle posée là en face de moi, sur l'inévitable piano, à côté de l'inévitable bouquet de roses qui s'harmonisait tant avec le cadre d'ivoire blanc rendant si religieux, si lumineux aussi, le visage figuré sur cette même photographie, parce que je savais aussi que là, dans ce cadre d'ivoire, c'était le souvenir éternel de sa première femme. Alors je ne sais pas pourquoi je me suis levé, j'ai pris le cadre dans mes mains et je me suis dit que oui, que d'une femme à l'autre il y avait des ressemblances, pensais-je en alternant mes regards depuis Lise jusqu'à l'image, de l'image jusqu'à Lise, aussi vite interrompu par la gêne de Lise, la terreur peut-être de Lise, disant : Sam, n'y touche pas, et laissant presque entendre que de ce seul geste sacrilège j'aurais pu, me suis-je dit depuis, réveiller une morte.

Dehors maintenant on pouvait entendre les pneus de la voiture d'Henri crisser sur les graviers, le couinement du frein à main, le claquement de la portière.

Mais la femme d'Henri c'est toi désormais, ne l'oublie pas, Lise, tandis que par le rideau légèrement écarté je pouvais voir Henri s'approcher de la porte et s'apprêter à l'ouvrir, le temps seulement de ravaler l'inquiétude dans nos yeux, le temps de faire qu'on était frère et sœur encore et de se dire ensuite, à la façon dont il me serrerait la main, à la façon dont il l'embrasserait, que non, décidément, il ne se doutait de rien.

Alors Sam, on y va ?

On y va, Henri.

5

C'est un mouvement de balancier d'abord, lentement le bras se tend vers l'arrière et monte le long du corps solide, le poignet s'arme, se plie sous le poids du club, comme une gâchette qu'on retient et qui fait ressort avant de redescendre, quand le poids du corps se transfère de la droite vers la gauche, alors les bras suivent le mouvement, accélèrent dans la descente, emportés par les hanches et les reins qui s'avancent, et ils viennent frapper droit la balle dans le bruit sec et fouetté du contact avant de continuer leur course vers là-haut, au-delà de la trajectoire déjà entamée de la balle.

Comme un prêtre carillonnant, le golfeur exécute son swing et suit d'un œil inquiet l'envoi lointain de sa balle jusqu'à sa chute là-bas, deux cents mètres plus loin, qui continue de rouler, rouler encore vers les arbres autour, les arbres qui couvrent le parcours de leurs ombres épaisses, les arbres qui font que souvent, pour un manque infime de précision, la balle vient se perdre sous les feuilles brunes des châtaigniers, là, sur le trou n° 1, dans les hauts taillis qui s'entassent sous les futaies, alors n'escomptez pas retrouver votre balle : si c'est les futaies c'est foutu.

Mais c'est le golf, disait Henri, une longue promenade gâchée, riait-il. Souvent il m'a aidé et souvent c'est lui qui a retrouvé ma balle, parce qu'il jouait mieux que moi. C'est normal, disait-il, ça fait dix ans que je joue. Mais moi je savais : ça pourrait faire vingt ans que je joue, non, il y a des gens sur terre, c'est comme ça, ils sont plus doués que d'autres pour certaines choses. Et inversement. Et même pas inversement : il y a des gens sur terre, ils sont plus doués que d'autres, c'est tout, pensais-je en regardant maintenant Édouard jouer, lui qui nous avait rejoints là, au départ du parcours, et qui jouait mieux encore que son frère.

Il enchaînait les coups parfaits, concentré, silencieux, et la balle fusait à chaque swing, qu'il regardait atterrir là même où il l'avait imaginé, mentalement effectué le parcours préalable de la balle, et ça marchait. Et le sac sur son chariot d'acier roulait sur l'herbe rase, et je le regardais, marchant vite, attiré déjà par l'emplacement de sa balle et le coup à jouer. Alors il se retournait vers moi, Édouard, il prenait un regard dégagé, et de l'air inspiré de celui qui veut mettre des guillemets dans sa bouche il disait : « L'éternité en une heure et le monde entier dans un grain de sable ». Et il signait oralement « William Blake » avant de reprendre sa marche.

Et avec moi ça marchait, ce genre de phrase, comme s'il avait su que disant cela mon bras tremblerait, le coup serait moins sûr et que je jouerais d'autant plus mal. Le monde entier dans un grain de sable, alors je me concentrais sur cet instant précis du swing, le monde entier dans un grain de sable, je serrais mon club dans mes doigts et immanquablement il y avait quelque chose qui se nouait dans mon estomac, l'éternité en une heure, répétais-je intérieurement, l'éternité en une heure, comme un mantra hindou qui magiquement aurait agi. Mais pour seule magie il y avait le sol qui se dérobait sous mes pieds, les poignets raides et les nerfs pliés, et bien sûr je ratais mon coup, bien sûr la balle partait là sous les arbres, à cinq mètres, et ça faisait rire Henri. Mais pas Édouard, ça ne faisait pas rire

Édouard, pour la bonne raison qu'Édouard ne riait jamais. Et je pensais au fond de moi, en le regardant ne pas rire : mais qu'est-ce que William Blake vient faire sur un terrain de golf ?

Mais la vraie question que j'ai oublié de me poser plus d'une fois, c'est ce que moi je faisais là, Lise, sur un terrain de golf, de dimanche en dimanche gaspillés à perdre et compter les coups en trop, c'est vrai, il fallait que je t'aime, Lise, pour vouloir à ce point changer de vie. Alors ce que je faisais là avec eux, souriant pourtant et habillé comme eux, c'est cela peut-être le plus incroyable, la sérénité ces jours-là qui m'envahissait quand on partait ensemble, répétant ça à l'intérieur de moi, changer de vie, pour supporter.

Tout est en trop au golf, ai-je souvent pensé, les Mercedes sur le parking, les chaussettes sur les pantalons, et jusqu'à ces heures passées dans leur club house, leur infâme club house à boire des bières irlandaises et regarder sur l'écran de télévision, regarder n'importe quel sport diffusé en boucle sur une chaîne spécialisée, Henri et moi chaque dimanche au comptoir, un œil sur l'écran, l'autre parcimonieusement employé à se féliciter mutuellement de la journée, du grand air pris sous les arbres, serrant les quelques mains de ceux-là croisés chaque dimanche aussi, les habitués dont on pouvait lire sur la bombe du torse le score de la journée, que si on les laissait faire ils raconteraient trou par trou leur parcours, le drive du 14 et l'approche du 16.

Bonjour monsieur le commissaire, disaient-ils à Henri, comment allez-vous, monsieur le commissaire ? Et ça aurait pu les faire rire des années encore, de dire monsieur le commissaire pour monsieur le commissaire-priseur, parce que c'était de l'humour de golfeur.

Et comment va madame ?

Oh vous savez, Lise, répondait Henri, tant qu'elle ne se met pas au golf... Et ils riaient. Moi pas, mais eux ils riaient. Et dans ces moments-là je regardais Édouard, parce que j'étais sûr qu'il ne riait pas non plus, de cette manière qu'il avait de ne pas écouter les mauvaises blagues de son frère, et de jeter au loin ce regard si mélancolique sur les fairways qui s'étendaient à perte de vue.

Ah mais vous ne connaissez pas mon beau-frère, reprenait Henri, il vient de se mettre au golf, n'est-ce pas, Sam ? Son problème c'est la peur, continuait-il. Il a peur de la balle. Il faut être fier devant la balle, me disait-il. Si tu as peur c'est foutu. Impossible d'exécuter correctement un geste, correctement un swing si la peur s'immisce même discrètement, même invisiblement dans l'armement du bras. La peur au golf, ajoutait-il, c'est comme la peur de mourir, disait-il. Et je les regardais, ceux-là qui l'écoutaient encore avec la mousse de la bière qui entourait leurs lèvres et leur donnait cet air bovin, dans leurs yeux qui me dévisageaient il était écrit : ce qu'il est philosophe, cet Henri. Et me signifiant par là quelle chance c'était d'avoir un beau-frère pareil.

Mais j'ai cru comprendre que vous jouiez aussi avec Édouard, m'a dit l'un. Un grand joueur de golf, un très grand joueur, a-t-il continué en se retournant vers le même Édouard. Mais le même Édouard déjà, comme à chaque fois, s'était éclipsé sans dire au revoir. Je pensais : une énigme en somme, et qu'il aurait fallu par je ne sais quelle fatigue vouloir déchiffrer, selon l'humeur du jour, selon son visage frais ou fatigué, selon les heures, selon le soleil qui glissait ou ne glissait pas derrière les arbres, selon moi le regardant chaque fois sous toutes coutures revisitées pour ne pas comprendre cela, son sourire absent. Et Henri essayait de relancer la conversation, parce que c'est vrai, a-t-il dit, c'est quand même une chance pour toi, Sam, de pouvoir côtoyer des golfeurs comme nous.

Et moi j'ai dit que je m'en réjouissais, oui j'ai dit cela exactement : je m'en réjouis. Et je me disais que ça y est, je parlais comme eux. Et je leur souriais toujours. Mais je repensais à ces longues heures d'entraînement passées à faire un swing, à mal placer un tee et se tordre le dos pour lancer une balle là-bas, à deux cent cinquante mètres, s'acharner des jours en pensant qu'une vie se rattrape en jouant au golf, et je me disais : comme quelquefois on peut être fracassé de l'intérieur sans qu'au dehors rien n'y paraisse, seulement l'air médiocre de la normalité, sans que nulle part autour, aucun signe de soi ne déborde.

Et moi j'en étais là de ma vie, sans rien qui déborde quand Henri me raccompagnait dans sa voiture de luxe qu'il disait n'avoir pas payée cher, parce que c'est le privilège de son métier, disait-il, de voir venir les bonnes affaires, qu'à moi aussi un jour ça arriverait de faire des bonnes affaires.

C'est vrai qu'elle était magnifique, sa voiture, et il insistait toujours pour m'emmener, alors je déposais la mienne, de voiture, devant chez lui, pour qu'on y aille ensemble, avec ma Jaguar, insistait-il, qu'il se souvenait avoir achetée pour une bouchée de pain à un vieux monsieur devenu incapable de conduire. Pour un peu il me l'aurait offerte, disait-il, mais j'ai insisté pour payer. Charognard, pensais-je plutôt de lui, qui se frottait les mains de n'importe quel décès, n'importe quelle veuve fortunée qui expirait déjà rien qu'à le voir arriver, quand je l'imaginais entrer chez les gens faire l'inventaire des vases chinois et des montres en or, des tableaux familiaux et des meubles Empire, estimant chaque objet au prix de sa commission à lui et de ce qu'il pourrait encore se payer avec. Mais ce n'est pas ma faute, disait-il, si ce sont les vieux qui sont riches.

Il y avait l'autoradio, de luxe aussi, qu'il avait installé avec une télécommande au volant. Combien de fois en un seul court trajet il trafiquait le volume sonore des enceintes assiégeant l'habitacle, serties dans les portes avant, encastrées sur la plage arrière et jetant vers un centre improbable, vers nous chaque dimanche comme d'habitude, la même valse épuisée de Chostakovitch. C'était comme un rituel, la valse de Chostakovitch à fond, à l'aller comme au retour, lui si fier, la télécommande au volant, si indécis à la fois de l'utilité d'un tel gadget, alors il passait des kilomètres à manier le volume et il n'arrêtait pas, comme il aurait eu des essuie-glaces en or massif il les aurait utilisés en plein désert, multipliant les tâtonnements, les réglages infinis des basses et des aiguës, à peine s'il regardait la route à force de vérifier l'équilibre des sons, et la valse de Chostakovitch comme une tarte à la crème, ai-je toujours pensé, et que le pire, le pire, disais-je à Lise, c'est qu'il chantonne l'air par-dessus.

Je me suis dit souvent de toutes ces choses qu'il fallait qu'elles aient lieu pour la dernière fois, de poser les pieds dans sa toujours si luxueuse voiture, d'écouter cette toujours si mielleuse musique pour aller jouer au golf et serrer certaines mains, ces dimanches de soleil et de sueur dépensée pour se concentrer un peu, à cause de la mélodie de Chostakovitch qui s'évaporait trop lentement dans l'air de la pinède et qui plombait mes gestes.

Ça va venir, cher beau-frère, ça va venir, raillait-il.

Mais tout ce que je pensais à ce moment, avec ma vulgarité à moi et mon secret à moi, c'est que je t'en foutrais, du beau-frère.

6

Un dernier verre, Sam ?

Alors ce soir-là parmi d'autres quand on est entrés chez lui tous les deux pour boire un dernier verre, qu'il a refermé la lourde porte de bois derrière nous, ce soir-là c'est sûr qu'il a frissonné déjà au bruit du loquet, à cause du silence dans la maison, de la nuit et du silence qui pour quelle étrange raison ce même soir lui avaient paru pesants. Et c'est comme si quelquefois on était poussé par plus fort que soi à faire un geste que d'habitude jamais : lui qui depuis leur mariage la laissait s'endormir seule, se couchant à des heures impossibles qu'elle avait depuis le début renoncé à suivre, ce soir-là il avait décidé qu'avant même de verser l'alcool dans nos verres il passerait par sa chambre pour l'embrasser et la regarder dormir, dira-t-il plus tard, cela qu'il avouerait n'avoir finalement jamais fait, enfermé dans ses affaires, lui si occupé, si mondain, quelle pensée, quel sentiment l'aura donc traversé, pour que là, ce jour-là plus qu'un autre dans l'écho du loquet se tournant, il veuille l'embrasser et la regarder dormir, Lise, sa femme ?

Plusieurs fois en montant l'escalier, me dira-t-il aussi, il a entendu des bruits étranges, comme trop longs pour être de simples craquements, trop clairs pour être le vent mais comment lui, l'homme de calcul et de raison, comment aurait-il accordé tant d'attention à quelque grincement qui n'était pas autre chose que celui du bois qui travaille, quelque sifflement qui ne soit autre chose que le vent qui s'engouffre en deçà des ardoises jusqu'à, quelquefois cela arrivait, les faire glisser ? Alors quand il est arrivé devant sa chambre à elle et qu'il a ouvert la porte, qu'il allait se pencher sur elle et l'embrasser dans son sommeil, que déjà il la voyait ouvrir les yeux sous l'effet de ses lèvres, la porte encore tremblante de sa présence, l'air réchauffé de son corps dans la pièce, mais quand il a ouvert la porte, au lieu d'elle dormant sous la lune, au lieu d'elle sous les draps les yeux clos et heureuse de ses rêves, il y avait seulement le vent qui faisait battre la fenêtre, le rideau qui volait à l'intérieur de la chambre, poussé, on aurait dit par le diable devenu vent sous la lumière du réverbère dehors, et l'absence d'elle, l'absence d'elle dans le lit, Lise.

Il y avait l'obscurité chassée par le réverbère et la lune, la lumière blanche et diffuse qui irradiait l'espace et le faisait plus gris que noir, il y avait lui qui avait ouvert la porte et s'apprêtait à la sortir du sommeil, lui qui maintenant s'était arrêté devant seulement l'absence. Et c'est comme si ces choses-là on les comprenait tout de suite, la vérité criante de quand il se passe quelque chose vraiment, quelque chose de grave et presque irréversible, comme si tout en lui l'avait su avant même de vérifier, avant même de l'appeler partout ou de penser qu'elle était sortie d'elle-même ou endormie dans une autre pièce de la vaste maison, mais en vérité non, comme si c'était écrit dans le récit qu'il s'était fait depuis l'entrée, dans le couloir arpenté pour venir jusqu'à cette chambre, et qu'il était venu exprès parce qu'il savait, quelque chose en lui savait qu'elle avait disparu.

Ce qu'il a fait d'abord, comme par réflexe il s'est précipité à la fenêtre, jeté les yeux sur le jardin qui s'étendait dans la nuit lumineuse, regardé partout si quelque chose ou quelqu'un mais sans l'ombre de rien qui vienne le rassurer. Et il y avait quelque chose en lui, avouerait-il, du seul fait d'y avoir pensé, d'avoir saisi comme un soupçon qui traînait dans l'air sombre du domaine, il avait l'impression de l'avoir mérité.

Il est sorti dans le jardin, dans la fraîcheur indifférente de la nuit et il l'a appelée, derrière chaque arbre et buisson il l'a appelée, sans réponse. Il a fait le tour de chaque pièce de la maison, la lumière en grand partout, en courant, en paniquant, en l'appelant. Mais Lise n'a pas répondu, aucune fois, parce que Lise n'était plus là, ni là ni tout près, a-t-il compris quand il s'est assis sur son lit, qu'il a posé la main sur son oreiller avec encore le creux de sa tête formé dedans, et qu'il est resté un moment là, à attendre quoi de la nuit finissante et du vent diabolique, rien, rien que la stupeur comme alliée d'un soir. À ce moment précis, cherchant les traces d'elle partout, il est tombé sur une lettre posée là, quelques mots posés là à la place de ses cheveux de femme, à la place de son corps de femme, Lise, remplacée par ces quelques mots écrits en noir et d'une main assurée : *si vous voulez la revoir, attendez sagement demain près du téléphone.*

Je ne suis pas monté avec lui, même quand il a hurlé Lise dans toute la maison je ne suis pas monté, je suis resté là, au pied de l'escalier, une main sur la pomme de la rampe et les yeux vers en haut, et demandant : mais qu'est-ce qui se passe, Henri, qu'est-ce qui se passe ? Mais sans rien qui déborde, oh non, rien qui déborde.

Je nous revois dans le salon, nos verres restés vides devant nous en attendant la suite. Il m'a montré les quelques mots écrits et à mon tour ça m'a comme stupéfait tellement c'était bien fait. Mais faire quoi ou dire quoi je ne sais plus, seulement que je sois là, et qu'on soit tous les deux là, lui assis la tête entre les mains, à fumer, cigarette sur cigarette, fumer encore. Combien de centaines de fois lirait-il cette phrase avant de la comprendre, avant que chaque mot et les autres s'accordent à faire sens dans sa tête ?

On parlait peu, sinon s'imaginer ce qu'ils pourraient lui faire ou non, se dire pour se rassurer que seulement son argent les intéressait, son argent qu'il était prêt à donner au centuple de sa fortune, à cet instant il était prêt à le faire pour revoir Lise bien sûr. Alors tout va s'arranger, disais-je, si tu coopères tout s'arrangera. Et j'insistais, comme pour me rassurer moi et le rassurer lui en même temps, qu'un ravisseur ou un gangster ce n'est pas un boucher ni un tueur, seulement qu'il vit du contrat qu'il te propose, et si d'une certaine manière ce contrat tu l'honores, lui ai-je dit, je veux dire, si tu acceptes le prix qu'il te propose, alors tu peux faire affaire avec lui.

Mais pourquoi moi, pleurait-il, pourquoi moi ?

Mais parce que tu es riche, Henri, parce que tu es riche, tandis que d'un regard dans ce salon les comptes étaient vite faits de certains tableaux, bibelots ou miroirs qui peuplaient en nombre la maison, et qu'aussi vite il en tirerait plusieurs dizaines de mille dans n'importe quelle vente ordinaire. Il faudra peut-être que tu vendes des choses, j'ai dit.

Sa tête maintenant s'écrasait dans ses mains, l'air accablé encore plus, le front qui s'établissait au creux des paumes, dans cette position figée à s'arracher les cheveux, une statue presque à cause des mains fixes, agrippées aux cheveux gonflés par les mains qui les pressaient, les doigts crispés dessus.

Je ne vendrai rien.

Comment ?

Je ne vendrai rien.

C'était comme un réflexe dans sa bouche, de dire non ce jour-là dans cette situation-là. Pendant un instant la disparition de Lise et la peur et la dignité, tout s'effaçait pour un réflexe, disant :

Je ne peux pas.

Et empiétant sur le silence qui suivit, il a ajouté :

À cause d'Édouard.

À cause d'Édouard ? ai-je seulement répété comme un écho surpris, mais Édouard, j'ai pensé, Édouard il n'est rien dans cette histoire.

Il n'appréciera pas, a-t-il continué. S'il faut vendre, s'il faut payer, il n'appréciera pas.

Alors peut-être quelque chose s'est lu sur mon visage à ce moment, comme un spasme ou une tension sur ma joue. Mais on ne lui demande pas d'apprécier, j'ai dit, c'est *ta* femme qui se fait kidnapper dans *ta* maison et c'est *ton* argent qu'ils vont demander.

Justement, a-t-il repris, justement. C'est une histoire très compliquée. Tout cet argent, cette maison.

Et c'était comme si les arbres eux-mêmes allaient parler, défaire le nœud de ce récit qui semblait désormais inéluctable et qui faisait déjà dans ses calculs comme une nouvelle donne, me regardant, silencieux, comme s'il avait attendu que tout se taise dans l'air humide du salon pour dire :

Tout ça n'est pas complètement à moi, Sam, c'est-à-dire, tout ça est juridiquement à moi mais juridiquement ce n'est rien, rien du tout, il a dit, faisant peser chaque silence au creux de ses phrases, de ses demi-phrases qu'il scandait mécaniquement dans cette situation de fatigue et d'attente, presque souriant soudain de se soulager d'un poids qu'il semblait porter là, dans le secret de cette maison et de lui-même, pour raconter cette très vieille histoire, disait-il, cette histoire si récente, disait-il, pour ce jour dont il se souvenait maintenant, ce jour précis dont il semblait me devoir la vérité, comme voulant faire la lumière sur une affaire vieille de vingt-cinq ans, vingt-cinq ans, a-t-il soupiré.

Mais au lieu de parler vraiment, au lieu d'expier je ne savais quelle faute funeste, il a prolongé sa phrase d'un seul regard raide et directif, d'un seul regard qui dirigeait le mien, de regard, vers cette photographie sur le piano, souvenez-vous, cette toujours même photographie de cette toujours première femme qui gagnait maintenant en profondeur, en relief, s'inventant d'un seul coup une troisième dimension, cette photographie qui semblait tenir maintenant dans son rectangle blanc comme toute la suite du récit, mais quoi, Henri, qu'est-ce que tu veux dire ?

Elle n'aurait jamais dû être ma femme, Sam. Elle aurait dû être la femme d'Édouard. Elle et lui, Sam. Elle et lui, a-t-il répété en reprenant appui sur ses jambes pour se rapprocher de moi, du fauteuil où il allait s'asseoir avant d'allumer une énième cigarette, et par quoi il fallait comprendre que, oui, cette femme, l'ex-future femme d'Édouard, par quel étrange coup du sort elle était devenue la sienne. Alors sans même qu'un mot ou une question ne surgisse de moi, il a seulement conclu :

C'est comme ça, c'est tout, ça s'est fait comme ça, et maintenant elle est morte et maintenant j'habite ici et maintenant cette maison et cet argent sur les murs : si tout ça est à moi aujourd'hui, tout ça est aussi à Édouard.

7

Je n'ai pas tout compris, Lise. Mais j'ai pensé à toi, j'ai pensé à tout ce qu'on ne savait pas dans cette histoire, dans quelle fratrie véreuse on avait mis les pieds, cet argent si poussiéreux et ce frère si absent. Et pour la première fois j'ai pensé comme toi, que maintenant c'était trop tard, qu'on ne pouvait plus reculer. Alors j'ai pris le billet anonyme encore posé sur la table et je l'ai lu à haute voix : *si vous voulez la revoir, attendez sagement demain près du téléphone.*

Attendre sagement, est-il écrit, attendre sagement, lui ai-je répété, cela veut dire qu'il ne faut prévenir personne parce qu'il ne faut pas jouer au plus malin avec ces gens-là, tu comprends ? Déjà s'ils font ce qu'ils font c'est qu'ils sont professionnels, alors non, n'appelle pas Édouard, parce qu'Édouard risque de tout faire rater, j'ai dit.

Il le saura, il le saura forcément. Tu ne connais pas Édouard, il a dit.

Justement si, j'ai répondu. Mais je n'ai rien dit d'autre, j'ai seulement insisté là-dessus, sur ce fait qu'il ne fallait pas que ça rate, et qu'Édouard, bien sûr ce n'était pas mon frère à moi et, bien sûr, Édouard était quelqu'un de très bien, mais Édouard n'a rien à faire dans cette histoire, ai-je lâché.

Et j'ai continué, travaillé chaque parcelle encore libre de lui pour qu'il comprenne, qu'il comprenne que c'était une histoire entre lui et lui, c'est-à-dire entre lui et Lise, parce que tu ne te rends pas compte, Henri, ceux qui font ça, tu n'imagines pas les nuits entières passées à régler chaque détail, et la détermination qui les tient jusqu'à la fin. Eux, contrairement à toi, ils savent tout de ce qui peut se passer et des décisions à prendre, tout, du début à la fin. Eux ils disent : s'il vient seul on fait l'échange mais s'il triche on la tue ou bien on part par-derrière avec la voiture cachée dans la grange, dans tous les cas on emmène la fille, sauf s'il vient seul et respecte l'échange. Et dans ce cas-là, Henri, ta femme sera là ce soir.

Par habitude ou réflexe encore il a pris une canne de golf qui traînait là et il s'est mis à jouer avec comme un gosse qui ne sait pas quoi faire de ses yeux ni de ses mains, de sorte qu'à lui-même par instants il parvenait à mentir et à dire que tout ça n'était qu'une vaste blague, que tout ça était pour de faux, finit-il par dire. Mais c'était pour de vrai, quand en guise d'aube le soleil a flotté sur le jardin, et qu'Henri est remonté dans sa chambre à elle, comme pour vérifier sous la caution du jour cela qui s'était bien produit, hébété encore plus par le temps vide qui passe et le sommeil en moins. Alors quand il est redescendu, il avait comme retrouvé la raison et il a dit :

Je payerai, Sam, je payerai. Tu as raison, il ne faut pas que je prévienne Édouard, il ne saura rien. Après tout, il a dit, c'est vrai, c'est comme une forme de commerce, il a dit.

Cela, ça m'a énervé un peu : du commerce avec Lise, du commerce avec Lise mais tu parles de ma sœur, j'ai failli dire. Mais je n'ai rien dit. Ou plutôt si, j'ai dit : Bien sûr, Henri, bien sûr que tu payeras. Je t'aiderai s'il le faut. Ma sœur, ma chère sœur.

La main accrochée à la rampe, la moiteur de la main et le cœur sûrement palpitant, c'était comme un cadavre qui regardait vers moi, ne sachant plus, lui, ce qui le faisait souffrir ou au contraire l'excitait, de son cœur qui poussait plus loin ses battements et de l'envie grandissante, l'envie sans recul de l'embrasser, m'a-t-il dit, je voulais seulement l'embrasser, m'a-t-il dit.

Maintenant il me regardait, comme si ma présence lui portait malheur ou comme si c'est moi qu'il aurait voulu vendre en guise de rançon dont il ne connaissait pas encore le montant mais seulement spéculait déjà, comme s'il s'était cru encore derrière son estrade à faire monter les enchères, cent mille, deux cent mille, cinq cent mille.

Je sais de quoi je parle. J'ai vu ce que c'était aussi, un commissaire-priseur en pleine action, qui vendrait sa mère aussi bien qu'un fauteuil, disais-je à Lise toutes ces fois où je n'y allais pas, dans la salle des ventes, et qu'on se retrouvait, elle et moi, derrière les persiennes de fer qu'on fermait l'après-midi pour se faire croire que c'était la nuit, qui dans leur seul grincement éveillaient nos désirs et nous jetaient dans les bras l'un de l'autre. C'était comme un réflexe, la porte à peine bouclée quand elle montait chez moi et les volets striés par où filtraient les jours et l'épaisseur du ciel, alors on était comme des chiens aiguisés aux signaux, de cette manière vive qu'on avait de s'aimer renversés sur le lit, et de savoir déjà le goût de la cigarette qui suivrait, de quel bras mal tendu on atteindrait le cendrier sous la lampe, à force de semaines entières écoulées comme ça, sous le marron clair des murs, la lumière indigne de nous dans ce temps si court imparti chaque semaine, les heures volées pour accomplir ces gestes qu'on avait l'un pour l'autre, quand on arrivait encore à se retrouver, profitant de ses heures de travail à lui, d'une vente ou d'une réunion au sommet, et qu'on l'imaginait faisant l'inventaire des maisons mortes, des meubles empoussiérés et chiffrés selon l'humeur du jour, nous, tous les deux allongés sur le lit, et de penser qu'à cet instant-là il débitait les chiffres dans sa salle des ventes, trois mille à ma droite, quatre mille à ma gauche, et le coup de maillet qu'on mimait d'un « adjugé vendu » avant d'éclater de rire.

Mais je voulais que ça s'arrête vite, ces heures dues à l'amour, là sur ce balcon de fer à attendre un dénouement, quelque chose qui viendrait mettre un terme à cette tension du secret, quand les mardis et les vendredis, les peut-être et les ne-viendra-plus, les minutes comptées, les au revoir dans la rue sans s'embrasser, il fallait que ça cesse vite, disais-je à Lise, à cause de cette fatigue générale que valait le temps qui passe, les plusieurs mois de patience qu'il nous faudrait avoir pour se sentir hors d'atteinte, oui, il fallait qu'on ne puisse plus reculer pour ne pas voir sur nos lèvres, sur nos yeux, l'inquiétude nous monter à la tête, et toute la crainte à supporter ce qui, dans nos rires, essayait encore de prendre des airs d'évidence. Un kidnapping, Lise, est-ce que tu te rends compte ?

Et maintenant moi je me rendais compte, à regarder la tête verte et blafarde d'Henri Delamare. Alors combien cette rançon, monsieur le commissaire, cinq cent mille, un million, deux millions ? quand vers dix heures le lendemain je l'ai laissé parce que j'avais à faire, tant de choses à faire, ai-je encore pensé dans ma voiture, une bouteille de champagne sur le siège passager, une chanson de Lou Reed dans l'autoradio. J'ai pensé à sa voiture à lui, et comme jamais on n'aurait écouté Lou Reed dans sa voiture à lui, lui si seul dans cette maison vide et si grande soudain, à attendre ce coup de fil qui ne venait pas et repensant à ce que j'avais dit, qu'elle serait là ce soir, et comme ça me faisait mal au fond de l'imaginer elle, Lise, dormir encore à poings fermés dans cette chambre.

Puis le téléphone vers onze heures a sonné et d'une voix presque sereine Henri a dit « allô ». *Écoutez-moi bien, Henri, si vous voulez revoir votre femme, nous vous conseillons de coopérer. Écoutez-moi bien encore : à vingt heures, ce soir, vous monterez dans votre voiture, seul, accompagné d'un million d'euros, vous m'avez entendu, Henri, un million d'euros. Vous prendrez vers le nord sur exactement dix kilomètres, là il y a une forêt qui longe la mer, au premier carrefour vous tournerez à gauche, et vous traverserez la forêt jusqu'à la dune. Garez-vous là. À cet endroit, vous verrez une chapelle désaffectée sur la dune. Ensuite on s'occupera de tout. Venez seul, Henri. Ne jouez pas au plus malin.*

8

Maintenant il ne nous restait plus qu'à attendre, tandis que j'avais posé ma tête sur son ventre et que je regardais le ciel très bleu sous le soleil très jaune. Je me souviens, comme j'ai été tenté de l'embrasser à cet instant et me disant seulement que ce n'était pas le moment, la bouteille de champagne plantée là dans le sable, qui déformait l'horizon. Tout ce que j'avais bu aussi et de n'avoir pas dormi, par instants j'arrivais à oublier ce qu'on avait prévu. Même Henri à ce moment, j'aurais voulu qu'il soit heureux avec nous. Mais ça, m'a dit Lise, ça ce n'est pas possible. Comme si parfois il fallait se rappeler ce pourquoi on est fait et les contrats passés avec soi. Mais seulement dans l'action la question s'évanouit, de savoir ou pas si on est fait pour quelque chose, on agit c'est tout. Alors Lise, pour l'heure tu étais encore ma sœur, et on irait jusqu'au bout, parce qu'on en avait trop fait, beaucoup trop fait.

Bientôt on change de vie, disait-elle, la tête posée sur le sable, et tenant à bout de bras ce billet de un dollar qu'il lui avait rapporté des États-Unis. Pas des États-Unis, des States, préférait-elle dire et le prononçant si bizarrement, de cet accent imité d'une actrice américaine, comme si le disant elle s'était sentie habitée par une terre promise depuis toujours remisée au futur, New York ou pourquoi pas Chicago, pourvu que son imagination l'ait depuis longtemps transformée en la place lointaine, nébuleuse, de la vie parfaite, la vie changée en or.

La vie changée en dollars, corrigeait-elle mais sachant bien qu'il n'y en avait qu'un qui pouvait lui rapporter des billets comme ça, un seul homme bien plus riche qu'elle et moi réunis, que cet homme bien sûr c'était son mari. Parce qu'il était riche donc, et que c'est un peu pour ça qu'on était là, allongés sur le sable et la mer montante, la fumée de nos cigarettes qui s'échappait d'entre nos lèvres et s'évaporait par-delà nos visages, par-delà l'ombre produite à moitié par le panama qui recouvrait mon front, et nos lunettes très noires qui répondaient chacune, comme en miroir, au regard absent de l'autre. Alors ce billet flottant dans l'avenir et le bleu du ciel, il venait confirmer ce qui lui brûlait les lèvres et qu'elle répétait depuis si longtemps, qu'il fallait changer de vie, insistait-elle.

Une fois quelqu'un m'a raconté, a-t-elle dit, il avait un billet de un dollar et dessus il avait fait un dessin, un cœur ou quelque chose comme ça et bien sûr il l'a donné dans un magasin. Mais dix ans plus tard, il était loin dans un autre pays, on lui rend la monnaie dans une station essence, et sur quoi il tombe à l'autre bout du monde, son billet de dix ans plus tôt avec le dessin. C'est incroyable, non ?

Finalement, j'ai dit, l'argent c'est un peu comme un boomerang.

Et elle continuait de contempler au bout de ses bras tendus la tête de George Washington sans plus qu'on sache lequel des deux dévisageait l'autre, de Lise perdue sur le sable ou des yeux tranquilles du président américain, comme une Joconde de l'autre monde sérigraphiée en millions d'exemplaires et qui là, dans cette unique pièce qu'on lui avait rapportée, semblait avoir encore une âme.

Ce billet, elle a dit, c'est comme l'appeau du chasseur, il en suffit d'un pour faire venir les autres.

Alors je regardais dans le reflet de ses lunettes, et je pouvais voir en avant du soleil qui traversait ce billet défroissé de un dollar la tête du président américain se promener sur la mer bleue, écumante et assombrie par la noirceur glacée de ses verres, comme au premier plan d'un décor fait pour elle : la dune en hauteur derrière, les rochers qu'on avait arpentés pour descendre à même le sable tiède et soulevé par le vent, les nuages au loin qui hésitaient encore à refermer le ciel. Il y a toujours un peu de vent à cet endroit de la côte, plus de roche que de sable et la mer s'agite vite, mais on avait bien réfléchi, et là c'était parfait, parfait pour un échange.

Un simple échange, disait Lise, parce que ce n'est pas un kidnapping, si on s'aime ce n'est pas un kidnapping, ou alors un kidnapping pour de faux, riait-on mais le revolver à proximité, parce que même pour de faux il faut prendre ses précautions, parce que, ai-je dit à Lise, ce kidnapping il est pour de faux pour nous, pas pour ton mari, pas pour la police, seulement pour toi et moi, et avec de l'argent les choses ne sont jamais pour de faux.

Il y avait mon canot un peu plus loin, abrité par la roche. Au cas où, avait-on dit, s'il fallait fuir très vite. Je pensais : tout ce qu'on fera avec cet argent, avec toi, Lise, quand dans quelques heures on sera riches, un million d'euros c'est quelque chose, Lise, un million d'euros. Un million de dollars, corrigeait-elle aussi. Et dans sa voix j'entendais l'expression comme en italiques, *un million de dollars*. C'est comme ça, il y a des mots avec Lise qui sont comme des balises hurlantes, des sirènes invisibles, de cette intonation qu'elle savait mettre sur certains mots quand sa voix d'ordinaire ne connotait rien, et que d'autant, allongée là sur la plage et le soleil qui semblait dissoudre aussi vite ses paroles, d'autant ce *million de dollars* résonnait en nous comme sur une scène de théâtre. Je pensais : c'est comme de l'air qui circule autour et au milieu il y a ce rêve de marbre, tous ces billets rangés déjà dans la valise noire en route vers ici, et rêvant déjà que la route après on la continuerait sans lui.

Il fallait qu'il arrive, Henri, à vingt heures piles, il fallait qu'il vienne. Il fallait que tu viennes seul, Henri, viens seul, ai-je supplié tandis qu'on était remontés de la plage vers le lieu fixé un peu plus haut, là, sur la dune, cette petite chapelle fatiguée par le sel aux abords de la forêt de pins qui faisait comme un rideau sombre à la scène qui se jouait : nous deux dans l'impatience à regarder les mouettes s'engueuler sur la dune, à attendre à l'ombre des pierres froides, près de cette porte défaite depuis cent ans, depuis qu'aucune femme de pêcheur ne venait plus ici prier le retour d'un mari. Mais moi si, moi j'ai prié le retour d'un mari.

Je ne sais plus aujourd'hui, de l'éclat du soleil sur le pare-brise ou du bruit si reconnaissable des cylindres d'une Jaguar 1956, quoi de l'un ou de l'autre a signalé qu'il approchait, mais je l'ai vu, depuis la route derrière, traverser les arbres vers la chapelle où nous deux, où mon arme déjà tournée vers lui et la peur, la peur qu'il ne soit pas venu seul et coopérant, Henri, la portière maintenant claquée et refermée à clé, la valise dans la main droite et suivant son instinct.

D'une main je tenais le revolver, de l'autre la main de Lise, elle parfaitement cachée en attendant qu'il s'avance jusqu'à la porte de la chapelle et qu'il dépose la valise, qu'il a intérêt à ne pas trembler, parce que sinon, sinon. Et il ne tremblait pas, comme si d'un coup il avait eu confiance dans le seul fait de l'argent qu'il déposerait au pied de cette église, cet autel, penserais-je longtemps, comme une offrande faite aux dieux, un pardon acheté très cher. Et dans ces longues secondes qui le faisaient s'approcher plus près de l'ennemi, mais plus près aussi de sa femme, sa chère femme pour laquelle je l'avais vu verser tant de larmes, dans ces longues secondes j'ai eu le temps de me demander s'il fallait vraiment qu'il vienne le long de cette mer si connue, si peu calme aussi ce soir-là, comme si elle-même, la mer, avait voulu parler et rendre plus cérémonial encore ce rendez-vous improbable, pensais-je encore à chaque mètre qu'il arpentait désormais sur l'herbe rase de la dune, dans le contre-jour faible et fabriqué par le soleil tombant, comme une simple promenade quotidienne, une simple promenade quotidienne, continuais-je à me dire, mais que cette fois il y avait l'angoisse en plus, de ce moment redouté où il déposerait la mallette puis se retirerait, ne se retournant pas mais faisant les mêmes pas inversés, silencieux, où chaque seconde encore pèserait son poids d'attente, dans la lumière encore plus blafarde à mesure qu'il s'éloignerait sans desserrer les dents, attendant que s'ouvre la porte et qu'elle sorte, Lise, qu'elle sorte enfin et qu'il essuie ses larmes.

Mais ce n'était pas les larmes qui envahissaient son visage dans le soleil de huit heures qui l'éblouissait encore un peu, non plus les larmes mais la sueur à grosses gouttes sur ses joues. Un animal, ai-je pensé de lui à cet instant, cette valise à bout de bras, la fermeture scintillante pour payer, pensais-je encore, payer tout ce que tu peux. À chaque pas fait par lui sur le sol humide et vert, je le voyais ranger une par une les liasses dans la valise, paye, continuais-je, paye encore, et chaque pas semblait valoir cinq mille dollars.

Tout marchait, tout allait bien se passer, les rais de lumière filtraient et striaient la forêt, la puissance verte et noire des arbres en rangs serrés construisait derrière lui la scénographie de son avancée lente, lente par méfiance mais presque, on aurait dit, par la sérénité de celui qui vient là sans scrupules, habité par l'évidence à venir payer le prix qu'elle vaut, Lise, parce que tu valais bien ça, Lise, bien plus que ça.

Par pitié peut-être, par hâte sûrement, avant même qu'il pose sa valise, avant même qu'il soit si près, j'ai demandé à Lise de sortir, comme pour prouver notre bonne foi, qu'il n'y ait pas de geste brusque, et elle est sortie, Lise, très doucement. Il s'est arrêté un instant puis il a repris sa lente marche, comme symétriquement à celle qu'entamait Lise, même vitesse, même scansion, comme si l'un et l'autre avaient craint de moi un faux geste, de sorte que le sol sous leurs pieds, il semblait que ce ne fut plus l'herbe grasse d'une dune arrosée par la mer mais des explosifs, de la dynamite ou des œufs qu'il ne fallait pas casser et qui la rendaient, elle surtout, Lise, si aérienne, si flottante, si ballerine presque, dans sa manière de poser un pied devant l'autre, comme si presque aussi, elle voulait me dire comme elle n'était pas pressée de retrouver son mari.

Mais de cela ne t'inquiète pas, murmurais-je, bientôt nous serons loin ensemble, Lise, loin d'un type capable de racheter sa femme, un type capable de croire qu'en quelques billets de banque on la rachète, elle, arrosée de champagne et de fringues, Lise si parfaite dans l'ajour et la mallette bombée de son prix. J'ai vu, Lise, j'ai vu ta tête sur les billets de cinq dollars, comme une vraie Joconde cette fois, deux cent mille fois ta tête reproduite et tes cheveux tombants. Et je le voyais maintenant qui semblait te rejoindre, la main qu'il aurait voulu serrer plus fort encore sur la poignée de cette valise qui le guidait toute seule, cette valise qui semblait connaître le parcours par cœur et l'impression que tout ça se comptait en kilomètres. Marche encore, répétais-je dans l'insondable chaos de moi, provenant d'où, du ciel, des flots eux-mêmes témoins de ce compte à rebours enclenché et qui répercutait avec l'acuité grise des vagues la violence de tout ce qui sourdait en moi, en elle, puis venait buter jusque sur lui, lui encore, le regard lentement terni d'effroi en la voyant s'avancer plus près encore quand je m'apprêtais à crier, dépose-la, vas-y, dépose-la cette valise, et il allait se baisser, à quelques mètres seulement de moi toujours invisible à lui, il allait déposer la valise au sol, la déposer sûrement avec délicatesse. Il allait le faire.

Alors ce qui s'est passé, je ne sais pas, une branche peut-être, un caillou au sol ou la tension nerveuse : il a trébuché, Henri.

9

J'ai vu son corps en oblique le long de sa chute, j'ai vu la valise lâchée qui s'est comme envolée, tournoyant dans l'air salé, retombant si lentement au sol trop dur pour elle, la valise, comme elle s'est explosée sous la force de la chute, elle s'est explosée et elle s'est grande ouverte.

Elle s'est grande ouverte et j'ai vu les billets qui s'envolaient comme du vulgaire papier. J'ai surtout vu ça : du vulgaire papier. Pas des vrais billets de banque avec une vraie somme dessus, mais du papier blanc, du vrai papier blanc qui volait dans l'air tiède, pas des billets, du vulgaire papier blanc, vierge, immaculé, découpé comme les enfants dans du papier à coloriage, et qui avait bondi de cette valise et s'en échappait maintenant, tourbillonnait comme une manne mensongère, et nous narguait de si près, venait se coller aux pierres rugueuses de la chapelle et se montrer vierge et rieur, comme une mouette se serait posée là, sur les rebords usés du granit, le papier blanc qui était comme une gifle en pleine tête.

Et comment j'ai éclaté de rire à cet instant, comment j'ai ri devant Lise qui hurlait, hurlait comme jamais, Lise, elle qui avait vu aussi le papier blanc tourbillonner entre les arbres, le prix dérisoire qu'il fut prêt à payer pour la retrouver, zéro dollar, lui ai-je dit, mais regarde ça, regarde ce que tu vaux, zéro dollar, riais-je encore plus férocement tandis qu'elle avait couru vers moi soudain dans la peur et l'hésitation de quel côté aller. Et moi : mais qu'est-ce que je vais faire de toi maintenant ? juste cela, qu'est-ce que je vais faire de toi maintenant, zéro dollar ? énervé de rage ou de dégoût, de l'envie d'abord de la gifler elle, à cause de son manque de valeur aux yeux de son propre mari : zéro dollar, est-ce que tu te rends compte, maintenant que je ne voyais plus moi aussi que ces billets défaits de toute valeur, rien d'autre que la puissance ratée de chacun d'eux. Alors qu'est-ce qu'on en fait, Lise, de ce million de dollars, hein, de ce putain de million de dollars ?

Et j'ai entendu à ce moment, j'ai entendu sa voix à lui, Henri, toute de surprise et d'égarement, encore au sol sous l'effet de sa chute il a dit comme une question dans le soleil, il a demandé : Sam ? Sam, c'est toi ?

Et c'était comme si ça m'avait dessaoulé d'un coup, d'entendre mon prénom là, à haute voix, en pleine nature, mais qu'est-ce qu'il lui prend, Lise, qu'est-ce qu'il lui prend de m'appeler ? Et j'avais l'envie stupide de dire que non, que ce n'était pas moi, que c'était une erreur, le corps désormais immobile comme par une crampe de l'esprit, une remontée de fonds où tout affleurait désormais, de ces moments que je revoyais où il posait sa main à lui sur sa cuisse à elle, et sa question qui revenait comme une incise répétée à même ma peau, Sam, Sam, c'est toi ?

Tu aurais pu hurler le nom des arbres, Henri, le nom du soleil et du ciel, la nuit et les branches hautes des pins, tu aurais pu nommer la terre entière et les êtres qui l'habitent mais pas moi, Henri, pas moi, tandis qu'il continuait de s'enfoncer un peu plus, répétant avec de l'assurance maintenant, Sam, Sam, et ne comprenant pas qu'à chaque prénom prononcé de moi c'était comme déjà une balle dans sa tête.

Oui, Henri, c'est moi, c'est moi depuis longtemps bien sûr. Insoupçonnable, j'ai répété avec un doigt sur la bouche, parce que tu étais loin, n'est-ce pas, de savoir ou supposer qu'en arrière-plan de chaque scène, chaque geste et chaque nuit, il y avait moi posé dans un coin et te laissant faire, Henri Bovary Delamare, parce que depuis ton mariage tout était miné, Henri, et tu n'en savais rien, de notre histoire à nous.

Non tu n'en savais rien, espèce de fumier, mais maintenant tu sais, et combien de balles j'ai tirées avant de le toucher, son corps de tout son poids tombé la tête en avant sur la dune froide tandis qu'il commençait à gémir de la douleur du métal à l'intérieur de lui, espèce de fumier, ai-je répété plus calmement, apaisé par la seule balle qui avait fini par l'atteindre à la cuisse droite, et m'étonnant moi-même d'avoir réussi à le toucher à dix mètres, à proportion inverse de la nervosité emparée de moi, de la compulsion, disait Lise, parce que tu es un compulsif, me reprocherait-elle tellement, parce que c'est vrai, il n'était pas prévu que résonne le bruit d'une balle.

Si j'avais pu, c'est sûr, à ce seul moment j'aurais rendu sa femme à son époux, ma Lise à son époux, ai-je pensé sans relever même l'absurdité de la phrase si appropriée à l'absurdité de la situation, parce que c'était absurde, lui déjà au sol, hébété par la fureur du sang, l'air autour qui soufflait, lui dont le corps aurait voulu ramper jusqu'à sa voiture, prêt à supporter encore un, deux, trois impacts en plein cœur, quand il comprenait d'un coup ce qui s'était passé là, tout l'avenir profilé dans ce seul bruit d'une balle, dans sa chute physique advenue là, et qui devenait, par déformation, la chute d'une vie.

Alors qu'est-ce qu'on fait, Henri, qu'est-ce qu'on fait maintenant ? J'ai lu cela sur sa tête défaite, hirsute presque dans la fatigue, j'ai lu le manque de discernement qui s'est exprimé dans ses yeux, dans la rougeur de ses yeux. Et je me disais que je devais être pareil, les yeux explosés et le teint jaunissant, nos têtes à tous les deux vidées par l'épreuve, désertées de pensée, mais où surnageaient les bribes physiques de nous quand au lieu de nos têtes c'est plutôt nos nerfs qui pensaient pour nous.

Il était là, presque évanoui, et Lise qui ne hurlait plus mais reprenait en écho : Et qu'est-ce qu'on fait maintenant, qu'est-ce qu'on fait de lui ?

Laisse-moi réfléchir, Lise, laisse-moi une seconde pour réfléchir. Mais est-ce qu'on appelle ça réfléchir quand le cerveau démarre à la vitesse d'une balle ?

Il faut qu'il se taise, j'ai dit, qu'il se taise à jamais. Personne n'est au courant à part nous, Lise, personne ne sait rien de toi et moi, de l'argent, c'est notre chance, Lise. Il s'est noyé, j'ai dit, il est venu se baigner et il s'est noyé.

Tu t'es noyé, Henri, qu'est-ce que tu en penses ?

Non, il a dit, non, c'est inutile, je ne dirai rien, je jure que je ne dirai rien.

J'ai dit cette phrase absurde aussi : Allez, Lise, viens, on va le porter disparu. Et aussi vite j'ai pensé à la mer froide et amnésique parce qu'elle seule sait garder le silence, Lise, il faut l'emmener loin pour être sûr que même la mer n'ait pas un sursaut de mémoire et qu'elle oublie jusqu'à son nom, Henri Delamare. Et il nous suppliait et gémissait tant et tant, que presque j'aurais pu céder à ses suppliques, presque je l'aurais laissé repartir si Lise plus lucide que moi ne m'avait pas regardé clairement, si clairement.

On a été vite à comprendre les gestes à faire. Le déshabiller d'abord et poser ses vêtements sur la plage, de sorte qu'un pêcheur ou n'importe qui de matinal le lendemain matin les retrouve et s'inquiète d'un baigneur imprudent, voilà, c'est tellement simple, j'ai dit à Lise, il faut juste faire disparaître le pantalon. À cause du sang, j'ai dit.

Et maintenant il faut le transporter, on va l'emmener jusqu'au bateau. On va prendre sa voiture, j'ai dit, pour l'emmener jusqu'au bateau, prends les clés dans sa poche, Lise. Et j'ai approché sa voiture, sa Jaguar sur la dune, juste à côté de lui. On l'a soulevé tout ce qu'on pouvait, ce corps dénudé qui saignait toujours et s'alourdissait de sa fatigue et de ses pleurs, parce qu'il pleurait, Henri, il pleurait beaucoup, et on l'a entreposé dans le coffre. Il tenait juste dedans, dans cette position sereine du chien de fusil, comme un enfant bientôt endormi, seulement l'auréole de sang qui rappelait que son sommeil bientôt serait plus profond que celui d'un enfant.

J'ai démarré sur la dune et on est descendus un peu plus bas où il y avait mon bateau. Je peux vous dire, même sur cinq cents mètres, c'est quelque chose de conduire une Jaguar avec un commissaire-priseur dans le coffre.

Mais comme la mer change vite à cet endroit du monde, la mer si grise soudain, méchant miroir du ciel sur lequel il fallait qu'on s'embarque. Abrités par la roche, le vieux zodiac prêt à fuir, Lise m'a aidé à sortir le corps et à le monter dans le bateau, la tête ébouriffée de ce qu'on venait de vivre. Le corps d'Henri a épousé un instant la forme arrondie du rebord puis il a basculé à l'intérieur, sur les lattes de bois humides, et n'attendant plus rien alors que moi le rejoignant, moi qui détachais ce nœud fièrement exécuté le matin même, avant d'enjamber à mon tour les boudins rigides qui faisaient office de flotteurs sur cette embarcation de fortune. Mais fortune, ai-je pensé à cet instant ou plus tard, fortune ce jour-là ce n'était pas le bon mot.

Et qu'est-ce qui aurait été le bon mot sous le ciel si gris, la colonne anthracite de nuages dessinée sur l'horizon, comme un cylindre de vent et d'eau qui peu à peu avait couvert d'ombre la mer et la faisait grise à son tour, alors Lise a regardé là où elle n'avait pas vu encore, où quelque chose en elle avait résisté ou oublié de regarder, vers le large, vers l'océan ouvert aux 180° degrés de son regard, et elle a compris, hurlé et compris en même temps, Sam, il y a trop de vent, tu vois bien qu'il y a trop de vent. Mais quoi, j'ai dit, c'est un grain, un simple grain, ai-je expliqué à Lise, dernière invention du destin contre nous, dernière perversité du ciel pour vouloir nous séparer, mais je sais, moi, que le ciel perdra. Et dans ma tête à moi, plus que dans la sienne à cet instant, il y avait l'évidence que tout laisser comme ça, ce serait comme lever les bras en signe de reddition, alors moi je n'appelle pas ça une alternative, Lise, plutôt un devoir clair, un ordre intimé par un quelconque dieu caché qui disait d'y aller, au large, au vent, aux éléments, et étouffer cette histoire une fois pour toutes.

Ne viens pas, Lise, attends-moi là si tu veux, lui ai-je dit, et laisse-moi faire, tandis qu'elle sanglotait sur les heures passées et négociait avec elle-même pour ne pas s'écrouler de tous ses nerfs. Je l'ai embrassée, elle a passé ses bras autour de mon cou, et elle m'a embrassé aussi et elle a pris mon panama sur ma tête : je le garde, elle a dit, c'est mon otage. Et presque elle a souri.

Mais je me demande encore aujourd'hui ce qu'on faisait sur la mer ce jour-là, Henri et moi, et sans plus de soleil qui darde ou brille, mais d'épais nuages qui se vidaient de leur trop-plein d'eau, tandis que le vent avait forci sous eux, et qu'il restait nous deux dans la mer formée, nous deux et ce vieux moteur de tondeuse qui semblait lutter seul désormais contre chaque vague gonflée d'écume qui le portait hors de l'eau, l'hélice que je voyais tourner à vide dans l'air avant de s'agripper à nouveau sous la surface et nous faire avancer, rebondir plutôt que glisser sur l'eau forte, cratérisée partout par cette pluie fine qui mouillait l'air et l'eau, on aurait dit qu'elle piquait la mer par des centaines d'aiguilles fines, et l'énervait, la mer qui se soulevait, se cabrait presque comme pour répondre à l'agacement prolongé des gouttelettes insistantes, comme j'y repense, comme des aiguilles de machines à coudre à plein régime qui sous la brume tombante laissaient un paysage lunaire, pour ce qu'on en imagine au moins, de la lune, c'est-à-dire, à cet instant, un endroit sûrement plus paisible et plus sec. Je crois que j'aurais donné toutes les rançons du monde pour y être, sur la lune, et sentir six fois moins le poids de son corps attiré vers le fond.

Maintenant il va falloir y aller, lui ai-je dit comme si j'avais parlé à un homme alerte, lui qui gisait là, comme un poisson qui sursaute dans le fond d'un chalutier et trouvait encore la force de pleurer et d'implorer pitié. Mais la peur de mourir, Henri, c'est comme la peur au golf : il faut être fier devant la mort, Henri. Mais ce mot même de fierté, ce mot que tant de fois il avait su employer et faire dériver comme une fonction mathématique, comme si l'idée elle-même de fierté avait en permanence tournoyé au-dessus de lui, ombre portée, fuyante, toujours assez disponible pour qu'il se l'approprie à chaque moment voulu, chaque moment aristocratique, disait-il, de cette aristocratie fausse et qui se pense, se déchiffre, se définit même selon ce principe-là, de classe, de maîtrise, de décision, ce mot même de fierté, disais-je, semblait avoir déserté ses sentiments, s'être tu ou caché dans un recoin de lui, cela qu'aucun de ses nerfs n'avait plus la force de déterrer dans le silence confondant du jour tombant, parce qu'il l'aura compris très vite, que c'en était fini, à peine le temps d'un dernier sanglot, et s'efforcer peut-être de croire qu'on le retrouverait vivant. Pourtant, dans ces endroits obscurs on sait qu'on va mourir bien avant d'être mort. Je l'ai imaginé, n'ayant aucun pouvoir d'écourter l'agonie, ces longues heures dans l'eau froide, la vraie nuit tout autour, dans l'eau soudain bruyante comme jamais jusqu'alors il ne l'avait perçue, qui laisse pour seul droit de méditer son sort, le temps de grelotter en pensant à sa femme, et se dire que oui, le monde à cet instant n'est que cela, le froid et la nuit.

J'ai imaginé ça pour lui et je crois que c'est par pitié que j'ai eu le courage de tirer une autre balle, son visage effaré suppliant de ne pas, mais je jure, je voulais vraiment t'éviter le pire, Henri, t'éviter l'intenable. Ensuite, il y a eu le bruit perdu d'un corps dans l'eau, l'écume à peine visible dans le crépuscule sombre, puis je suis revenu avec le bateau jusqu'à son point d'amarrage. Lise attendait, mon chapeau sur la tête et qui avait fait tout ce qu'il fallait : m'attendre sans pleurer. Nous étions fatigués.

Mais ça n'en finissait pas d'une action supplémentaire à accomplir, de quelque chose à ne pas oublier, un détail fatal. J'ai essayé de faire le point dans ma tête, et demandant : est-ce que je n'ai rien oublié ? Je listais chaque détail comme au supermarché on raye une par une les courses faites.

Disparition du corps, c'est fait.

Vêtements sur la plage, c'est fait.

Nettoyage de la voiture, c'est fait.

Ramassage des billets blancs, c'est fait.

Alors est-ce que c'est aussi comme au supermarché quand, même avec une liste et la meilleure volonté, on rentre chez soi et il manque obstinément quelque chose ?

10

L'hébétude dans nos corps.

Les tremblements de moi.

Le visage de Lise.

L'évidence qui fut d'entrer dans le premier bar venu, pourvu qu'il vende de la bière, j'ai pensé, plein de bière pour retrouver un peu le sens des choses. Je ne sais pas si on s'est parlé avant de s'asseoir, avant le grincement des chaises et la commande au serveur, avant d'allumer une cigarette presque en même temps. On ne se sera pas dit autre chose en tout cas que des phrases vaines, des phrases pour combler le sort véritable, parce que tout ce que tu aurais dit d'autre, Lise, les images multipliées de ce qu'on ferait ensemble avec cet argent, l'amour dans les hôtels quatre étoiles et les peignoirs de soie, les posters d'Acapulco et les voitures de sport, tout ce que tu as si longtemps prédit comme la suite éclairée des événements, il semblait maintenant que ce ne fut plus qu'un mirage, un filtre de phrases qui parfois parvenaient à devenir images, dimensions, couleurs, mais qui désormais restaient lettre morte dans nos bouches.

C'est qu'à force d'impatience et comme pour se donner du cœur à l'ouvrage, on y avait fait entrer tout ce qu'on pouvait, dans ce rêve d'argent, de gré ou de force, de gré ou de force, ai-je tant de fois répété jusqu'à ce que l'image de ce million de dollars soit gonflée à bloc comme une baudruche au bord de l'éclatement, une vraie bombe qui désormais avait simplement explosé sans qu'on sache depuis longtemps ce qui de l'idée ou de la chose était la plus tangible. Je crois que l'argent, à force d'être dans nos rêves depuis longtemps, on l'avait mis sous verre.

Et je repensais à cette valise vide, cette valise pleine de zéro dollar, et je me demandais comment c'était possible, en la regardant elle, de ne pas lâcher au moins ça, de l'argent. Et je la regardais encore, et dans ma tête il y avait la scène qui défilait d'imaginer son corps aux enchères, l'inventaire fait de chaque partie d'elle, d'un pied ou de sa nuque, de combien de millions je serais prêt à monter pour. Et puis j'ai eu honte de mon idée. J'ai eu honte souvent de tout ce que j'avais dans la tête.

Mais qu'est-ce qu'on fout là, me suis-je demandé plusieurs fois, elle et moi oisifs comme jamais, comme si on n'avait rien à faire là plutôt qu'ailleurs, quand je n'étais rien d'autre, moi, qu'un corps fatigué de regarder la nuit maintenant pluvieuse, nos ombres sous les lampes s'étirant à mesure des minutes passées dans le silence, et le temps nous fuyant comme le vent sur la peau. À peine osait-on se regarder, dans l'espoir que tout ça, que cette nuit infernale et les heures passantes, que tout ça ne soit qu'un mauvais rêve et que bientôt, à l'aube bientôt on se réveille.

C'est un accident, un simple accident, répétait-on chacun, comme si on avait attendu que quelqu'un, quelque part dans la rue ou à une table voisine, que quelqu'un nous entende, à force de chercher comment tout ça n'était pas arrivé, Lise, comment rien n'avait jamais commencé d'autre que notre histoire à nous.

Maintenant, a dit Lise, on est comme des clandestins. Et disant cela, dans ma tête à moi c'était comme si elle avait renoncé à cette autre expression qu'elle avait tellement dite, qu'on allait changer de vie, ne disait-elle plus de ce sourire désormais perdu, substitué par ce visage blême et clos, quand il aurait fallu peut-être qu'on ait encore le courage de sourire et de faire ça, changer de vie, comme un slogan volé je ne savais plus si c'était à la poésie, à la publicité ou à la politique, tellement j'ai eu l'impression un instant que cette phrase, c'était comme une injonction venue de très loin, d'un arrière-monde qui sous mon crâne était comme un phare giratoire qui régulièrement reposait sa lumière crue sur moi, sur l'image de moi.

Et dans clandestin, j'ai dit, il y a destin.

On est restés comme ça longtemps, des secondes entières, ne disant rien d'autre, ni elle ni moi, que ce qui surnageait peut-être de ce mot-là, destin, ce qui en deçà de cette formulation s'était clairement dit, nous deux silencieux toujours et ces cigarettes qui n'en finissaient pas, sachant qu'on inaugurait là un temps de houle et de tension qui saurait bien égaler la pluie dehors et les embruns sur la vitre, dans ce bar sombre où sur la table sa main machinalement repoussait les cendres égarées devant elle, cela qu'elle trahissait de gêne ou de soulagement à imaginer la suite, cette façon de rassembler les cendres, puis de les écarter aussi vite au plus loin de son silence. Alors je ne sais pas pourquoi, comme si c'était plus fort que moi, il a fallu que j'ajoute :

C'était ton idée, Lise.

Mais c'est comme si j'avais parlé à un mur, elle les yeux plus bas que terre, écrasant le mégot dans le cendrier devant elle, se levant dans le même temps, comme ayant pris appui sur ce même mégot pour soutenir ce qui lui restait de corps, et que de colère, de honte ou de résignation, il fallait qu'elle parte aussi vite. Dans l'élan de son geste, j'ai juste eu le temps d'entendre ses pas sur le carrelage, voir la grande porte du bar s'ouvrir puis claquer, et ses bottes silencieuses sous la pluie, tandis que j'apercevais le serveur qui avait levé les yeux au ciel et qui disait maintenant en essuyant ma table, comme un proverbe quotidien : ah, les femmes.

11

Quand on regarde la mer un jour de grande marée, on attend la vague suivante, qu'elle soit plus haute, qu'elle fasse oublier la précédente, on attend et on regarde et cela dure, parce que jamais l'idée ne cesse d'en voir mourir une et se préparer l'autre. C'est comme ça, on resterait des heures jusqu'à ce que le vent se calme ou que la houle s'apaise à marée descendante.

Mais ce n'était pas un jour pour la contemplation, ce lundi-là, les recherches lancées dans tous les sens avec l'hélicoptère qui sillonnait le ciel, les gardes-côtes, les gendarmes sur leurs vedettes blanches, et les chiens sur la dune à renifler le sol comme sous une avalanche. Au lieu de contemplation c'était plutôt la peur qu'une vague rapporte plus que de l'écume, et le corps de celui-là qui ferait le lendemain la une du journal local : un commissaire-priseur se noie, et tout un paragraphe sur le danger des eaux vives, et tout un autre sur les vêtements retrouvés sur la plage, parce qu'il n'est pas revenu, le cadavre d'Henri, bien sûr que non, la mer est bien trop vaste, indifférente aux histoires des hommes, avait conclu l'article. Alors une mer qui s'agite et quelques vêtements mal pliés au creux d'un rocher, qu'est-ce qui laisserait penser que des êtres ici même se sont entre-tués pour un peu d'orgueil ?

Un peu d'argent, pensais-je aussi, et assez paresseux pour ne pas vouloir discerner ce qui dans cette histoire avait relevé de l'argent, de l'orgueil ou bien simplement de l'amour d'une fille pas faite pour ça. Et je me suis dit aussi, ce qu'on appelle folie quelquefois, c'est cette confusion-là, de quelques mots électriques qui s'emballent à l'intérieur de soi.

Pourtant, c'est curieux comme quelquefois on est calme à force que tout s'agite, à force qu'on ne sache plus pourquoi on serait au bord des larmes et de la crise de nerfs, au bord de courir sur la dune sans plus se retourner, non, on est calme et on fait bonne figure : le visage qu'il avait fallu laver et décrasser en profondeur, de bien plus que le sel ou la terre poussiéreuse collés aux joues, quand il fallait ce matin-là avoir l'air d'un croque-mort, de cette tristesse empruntée aux visages des autres, sans que personne, ni les flics ni les badauds ne sachent distinguer d'entre la comédie et le masque sombre de la vraie tristesse.

Sa tristesse à elle aussi, Lise toujours, ébouriffée sur la plage et n'ayant pas dormi, mais qui avait eu la force cette nuit-là de prendre son téléphone et de cet air inquiet qu'elle n'avait pas forcé elle avait composé le numéro de la police, pris une voix de circonstance, et signifié l'angoisse liée à l'absence, mon si cher mari, disait-elle encore ce matin-là au commissaire, en pleurant.

J'ai entendu ça sur la plage ce matin-là : Bonjour monsieur le commissaire, et j'ai sursauté, à cause des vieilles blagues de golfeurs, monsieur le commissaire, comme s'il allait apparaître là, Henri, debout, un club de golf dans les mains. Et je ne sais pas, mais il y a des choses curieuses dans la vie, quand j'ai compris que c'était un vrai commissaire, quand j'ai vu un commissaire de police avec une moustache et un imperméable comme dans une série télévisée, presque je l'aurais embrassé de soulagement. Il y a des choses comme ça dans la vie, des choses curieuses.

Mais j'aurais voulu qu'on en finisse vite avec ces recherches inutiles, vraiment inutiles, avais-je envie de leur dire, parce que la mer est trop profonde pour les hélicoptères et les chiens, qu'à cette heure déjà les crabes au fond de l'eau font des meilleurs limiers. Il y avait Lise toujours à côté de moi, comme une sœur à côté de son frère, et j'ai pensé que c'était logique, qu'à cet instant il fallait que je m'en souvienne, que je n'étais que ça, son frère, tandis qu'à ce même moment, feignant soudain de chercher du réconfort dans mes bras, m'étreignant comme si elle ne tenait plus debout, à ce moment exactement elle a murmuré dans mon oreille :

Le voilà, regarde, Édouard. Et Édouard effectivement s'approchait de nous, sa silhouette maintenant grossissait à vue d'œil quand à mon tour je l'ai vu, sa démarche assurée, son pas lent, son costume noir, et la certitude que j'ai ressentie qu'il apportait plus que le deuil. Il y a eu un temps d'arrêt, une poignée de main ferme, un mouvement de tête. Je ne me suis pas demandé par quel hasard il débarquait là ce jour-là, à cette heure-là, je n'ai pas eu le temps de me demander tout ça, parce que dans ma tête ça a été plus vite que ça, parce qu'il fallait qu'il soit là.

Il fallait que tu sois là, Édouard, fatalement. Mais cette phrase je ne l'ai pas dite, cette phrase je l'ai seulement vécue intérieurement comme une invasion mentale, cette phrase et son visage en face de moi qui avait pris possession de toute pensée, de toute idée en moi, de sorte que tout ce que j'ai pu balbutier à haute voix devant lui, c'est que j'étais désolé pour son frère.

C'est une chose terrible, j'ai dit.

Oui, une chose terrible, il a répondu.

Et aussi vite il s'est détourné de moi, de Lise qu'il avait à peine étreinte, comme s'il se devait de scruter l'horizon pour croire le faire revenir, et comme si aussi, à ce moment, il avait voulu dire qu'on n'était pas de son monde.

C'est incroyable ce qu'il ressemble à son frère, ai-je encore pensé, tandis qu'eux tous ils continuaient de chercher, avec leurs chiens affreux que je voyais déjà ramenant le corps d'Henri déchiqueté dans leur gueule, aboyant, remuant la queue auprès de leurs maîtres. Ils fouillaient partout, la petite chapelle et la forêt derrière, leurs yeux inspectant le sol et le pied de chaque arbre, et je n'étais plus calme, plus calme du tout, à force d'implorer l'air marin de nettoyer les traces, à force de voir Édouard qui mettait ses mains en forme de porte-voix et hurlait de plus belle le prénom de son frère.

Mais ils n'en trouvèrent pas, de traces, rien à quoi ils ne durent pas renoncer. Et des heures plus tard on s'est tous retrouvés sur la dune, autour de la voiture posée là comme si rien ne s'était passé, la Jaguar brillante aux rayons du soleil, comme un animal domestique qui attend le retour de son maître. On se serait crus à un salon automobile, à force qu'elle soit capable, cette voiture, de faire oublier la disparition d'un homme, et que tous, les flics, les badauds, se tiennent là détendus, à regarder les chromes parfaitement soignés, la rutilante calandre, le cuir beige des sièges, et la marque qui s'étirait sur l'arrière de ses six lettres longues, Jaguar.

Pour sûr qu'elle est propre, me suis-je dit, tandis qu'au même instant j'ai entendu le bruit des clés qui sautaient nerveusement dans sa main à lui, Édouard, et qui disait à Lise :

Je passerai chez Henri ce soir.

Il n'a pas dit chez toi, Lise, il a dit : chez Henri.

Et sans plus de commentaires il s'est mis au volant de la Jaguar, puis il a démarré pendant que Lise et moi on le regardait partir.

On l'a suivi longtemps du regard, les parechocs arrière qu'on regardait fixement s'éloigner, on se détendait, tout allait de mieux en mieux.

Ces voitures, j'ai dit, c'est quand même quelque chose, hein, Lise ? Mais Lise ne m'entendait pas, ses yeux fixés sans bouger sur la voiture au loin, je lui ai demandé si ça allait. Mais elle ne m'entendait toujours pas, ne tournait pas la tête, mais qu'est-ce qu'il y a, Lise, ça ne va pas ?

Ton panama, Sam, qu'est-ce que tu as fait de ton panama ?

J'avais encore dans la tête le bruit du démarrage d'Édouard, lui qui était passé de zéro à cent kilomètres heure en moins de vingt secondes et qu'on voyait disparaître maintenant par-delà l'horizon de la route, mais ce que je sais c'est que dans ma tête à moi je suis passé de zéro à cent kilomètres heure plus vite que ça quand Lise m'a parlé de cette histoire de chapeau, plus vite que les douze cylindres alignés de son moteur qui vrombissaient au loin, les neurones en rangs serrés pour former l'éclair sous mon crâne.

J'ai passé une main sur ma tête, comme pour reposer en geste sa question, mais je ne sais pas, Lise, qu'est-ce que j'ai fait de mon panama, qu'est-ce que j'en ai fait, aide-moi, Lise, et le cœur s'emballant de tant de mauvaises questions, à visionner le cauchemar entier de la veille, mais je te l'ai donné, Lise, quand je suis parti sur l'eau, tu as dit pour rire que tu le gardais en otage.

Alors d'une main qu'elle a portée devant sa bouche comme une enfant qui découvre une bêtise faite, de son bras tendu elle a pointé l'index vers là-bas, vers les vapeurs d'échappement qu'on supposait au loin.

Le coffre, Sam, il est dans le coffre, dans la voiture d'Henri.

La voiture d'Édouard, Lise, la voiture d'Édouard.

12

Il y avait du silence cet après-midi-là dans la maison du mort, et c'était normal parce que Lise était veuve, et que cela, ai-je ressassé, il ne faut pas l'oublier. C'est Édouard qui a servi à boire, comme s'il était chez lui, et parce qu'il l'a dit aussi, que c'était un peu chez lui ici. Et Lise n'a rien dit. Et moi encore moins. Et c'était comme une veillée funèbre avec le corps manquant.

Tout de noir vêtu, Édouard, on aurait dit qu'il portait le deuil comme une femme italienne, n'était le granit autour et la dune si grasse, une femme bretonne plutôt, n'était l'épaisseur des sourcils et sa large stature qui voulait surtout qu'il n'ait rien d'une femme, oh non, rien d'une femme, Édouard, lui qui semblait orchestrer de sa présence jusqu'à la circulation de nos regards. À chaque fois que j'allais reposer mon verre sur la table, il y avait son œil qui s'approchait de moi, cet œil suspicieux que je lui ai trouvé tout de suite et qui semblait ne jamais arrêter d'interroger ma présence, de demander : mais qu'est-ce que tu fais là, qu'est-ce que tu fais chez mon frère ?

Mais je suis son frère à elle, essayais-je encore de penser, et en tant que frère je vois ma sœur comme je veux. Mais je savais, à Édouard je n'aurais pas pu dire ça, ni soutenir son regard désormais sans douter ou soupçonner qu'il ait tout compris, que par quel hasard impossible il sache tout déjà depuis longtemps.

À chaque fois que j'allais reposer mon verre sur la table je repensais au coffre de la voiture, j'imaginais Édouard l'ouvrir et rien que l'idée de lui avec ce panama dans les mains, je rapprochais à nouveau le verre de mes lèvres et je rebuvais. J'aurais bu longtemps encore si lui, posé en prince dans le meilleur fauteuil, au lieu de respecter ce silence trouble de nous trois tourmentés, au lieu de me laisser ce temps qu'il aurait fallu pour me recomposer, il n'avait fini par dire :

Je ne crois pas que ce soit un accident.

Il y avait cette fenêtre qui par contre-jour noircissait sa silhouette. Il y avait cette phrase comme une détonation sous mon crâne. J'ai posé mon verre doucement, le plus doucement possible et pour ne pas qu'il tombe ni tremble, je l'ai gardé serré dans ma main.

Ah non ? j'ai dit. Et j'avais l'air de celui qui pose une question détachée, comme si lui-même avait parlé de la bourse ou de la météo, comme s'il avait dit « je ne crois pas que les hortensias tiendront longtemps cette année » et qu'à nous deux on avait conversé tranquillement, parlé de choses et d'autres, tandis que lui, comme pour redoubler l'effet de sa phrase, d'un même geste il a quitté son siège et il a marché doucement vers la fenêtre.

Maintenant il regardait le verger devant lui, les dizaines de pommiers courbés, rendus courbés par le poids des fruits, cinquante pommiers alignés, parfaitement espacés, que le vent avait si souvent pliés et tordus comme des vieillards pour la plupart datés de ce demi-siècle qui coulait aussi dans ses veines à lui, lui qui soudainement était devenu fantôme tremblant rivé aux vitres, aux carreaux remplis de ciel noir, de ciel qui traversait les cimes dépouillées des pommiers jusqu'à s'écraser entre les raies de bois blanc, l'ossature écaillée de la fenêtre.

Non, a-t-il repris, Henri ne se serait jamais baigné à cet endroit.

J'ai baissé les yeux, discrètement, tandis qu'en moi déjà quelque chose voulait penser que c'était foutu, que c'était une affaire d'heures : qu'il appelle la police et qu'on n'en parle plus, ai-je pensé. J'ai eu le temps d'imaginer mon chapeau s'envoler sur la dune, tourbillonner comme une feuille morte et revenir là tout seul se glisser dans le coffre d'une Jaguar. Je voyais mon panama qui franchissait la porte de la prison, le flic à l'entrée qui l'avait dans la main, qui jouait avec devant moi, il enlevait son képi pour le mettre sur sa tête et je voyais ça, l'uniforme marine et le panama blanc, les morceaux de paille défaits par-dessus sa moustache débile et son sourire débile disant : faut pas grand-chose pour nous amuser, hein ?

Mais Édouard, adossé toujours au bois de la fenêtre, au lieu de dire quelque chose comme « je vais prévenir la police » ou « il y aura une enquête », au lieu de cela il s'est tourné vers Lise et il a dit :

Maintenant tout ça est à toi.

Et il faisait comme un arc de cercle avec sa main dépliée, de cette façon qu'il aurait eue de tout y ramasser, dans sa main. C'était comme s'il avait ri de la voir à la tête d'une telle fortune de paille, comme s'il avait programmé déjà que tout s'écroulerait bientôt, semblait-il encore dire ou suggérer de l'air pénétrant qu'il signifiait de son timbre, tout s'écroulerait, tout tomberait de ses vœux, ne laissant plus subsister entre elle et lui, entre elle et moi, entre lui et moi, rien d'autre que cette expression qui tombait comme une sentence : maintenant tout ça est à toi.

Mais à Lise qu'est-ce que ça lui faisait à cet instant, à moi qu'est-ce que cela faisait, la fortune d'un mort ? Des millionnaires en carton pâte, ai-je pensé, comme si on savait en quelque coin secret de soi-même ce qu'on était vraiment.

Et personne ne disait plus rien. Et chaque minute fut longue. On attendait qu'il parte, qu'il se lève d'abord puis qu'il parte, quand il fallait bien qu'à un moment cela arrive, qu'il veuille bien franchir le seuil dans l'autre sens. Va-t'en, priai-je, va-t'en, et pour moi c'était comme si j'avais voulu chasser le diable de la maison. Et il a fini par se lever. Mais il a jeté l'œil sur le sac de golf dans l'entrée et comme une idée qui lui serait venue à l'instant il a dit :

Demain, Sam, j'organise une rencontre au club, en hommage à Henri.

J'ai encore baissé les yeux en guise de recueillement, comme il fallait faire à chaque fois que le prénom d'Henri était prononcé.

Ce serait bien que tu y sois. Je crois que ça lui aurait fait plaisir.

Bien sûr, Édouard, bien sûr.

Alors à demain, Sam ?

À demain.

Et la porte a claqué.

Il aurait mieux valu sûrement qu'on lui raconte tout, Lise, que la soirée entière derrière les volets clos où seul le lustre dans nos têtes aurait semblé tenir en place, quand tout le reste n'aurait été qu'un lent tourbillon de phrases mal finies, d'histoires fagotées selon l'infini parcours d'images, de pensées, d'errances qui auraient construit un récit cohérent. Tout se serait mis à tourner, Lise, tourner infiniment durant cette interminable soirée, les meubles que je n'aurais plus vus que derrière un rideau de larmes, à genoux devant lui et lui disant qu'on était des minables, oui, des minables, et que rien ne s'était passé comme prévu, rien du tout, parce qu'on n'avait rien compris, parce qu'on était des minables, aurais-je répété devant l'épaisse fumée montante de ses cigarettes incessantes pour que toute cette affaire qu'il aurait regardée de si haut, de si loin, depuis ce fauteuil de cuir sur lequel il se serait forcément installé, que dans sa main ferme il la tienne, notre histoire, et qu'il nous écrase avec. Il aurait mieux valu, Lise.

Mais ce n'est pas ce qu'on a fait. Ce n'est pas ce que j'ai fait quand nous deux restés là à tourner en rond et réfléchir, essayer de réfléchir à comment c'était possible d'en arriver là, à cet enchaînement improbable des choses venu se clore ou culminer en ce détail stupide, ai-je dit à Lise, ce chapeau stupide qu'il brandirait comme un trophée devant toutes les polices du monde. Et je marchais, dans tous les sens et sans rythme, je marchais comme un fou, titubant presque entre les meubles et cherchant ce que je faisais là simplement, chez Lise ce soir-là et attendant quoi ?

Il n'a aucune raison, ai-je dit à Lise, aucune raison d'ouvrir ce coffre. Ou alors.

Ou alors il sait, a dit Lise.

J'ai repensé à tout ce qu'il pouvait savoir ou non de cette histoire, de cette idée qui affleurait maintenant qu'Henri, Henri en dernier ressort, seul et fiévreux dans l'attente, qu'Henri finalement ait prévenu son frère, mais ce n'est pas possible, j'ai pensé, ce n'est pas possible, parce qu'alors Henri ne serait pas venu avec des faux billets, forcément non, s'il a fait ça c'est justement pour ne pas en parler à Édouard, que s'il en avait parlé à Édouard, alors il ne serait pas venu seul, ou bien il ne serait pas venu du tout, ou bien il aurait prévenu la police, ou bien.

Ou bien Henri l'a prévenu, oui, mais Édouard l'a laissé y aller. Il savait, ruminais-je comme une pensée plus sombre que les autres et qui ne manquait pas d'occuper assez de place pour noyer d'ombre toute alternative, toute vision sereine ou seulement ouverte à d'autres avenirs que celui de mon corps à moi dans une cellule de trois mètres sur trois, le corps de Lise surtout dans une cellule de trois mètres sur trois, et l'épaisse cloison sourde surtout qui nous séparerait, quand j'imaginais déjà Édouard avec mon panama sur la tête, parce que soudain j'ai pensé qu'il avait tout vu, Édouard : dans l'ombre des arbres il avait regardé les faux billets voler dans l'air, il avait regardé son frère mourir et soudain j'ai pensé que c'est lui qui avait rempli la valise.

Mais s'il savait, Lise, s'il savait, à l'heure qu'il est, il aurait déjà prévenu la police, à l'heure qu'il est, les gyrophares bleus et les menottes d'acier, on y serait déjà, Lise. Il ne sait pas. Il ne sait rien. Alors il ne faut rien précipiter, il ne faut pas s'affoler, et vois-tu, Lise, le panama, je peux très bien l'avoir oublié dans la voiture une autre fois, et même, ce panama peut très bien ne pas être le mien, il n'a aucune preuve, tu comprends, aucune preuve contre nous.

À mon tour j'ai pris la canne de golf qui traînait là, et je l'ai balancée entre mes mains. Presque j'aurais sorti une balle et j'aurais eu envie de taper là, dans la longueur du salon.

Mais qu'est-ce qu'on va faire, Sam, qu'est-ce que tu veux faire ?

Rien, Lise, rien. J'irai faire un golf demain, voilà tout.

Et j'étais comme frappé de fatalité, n'imaginant rien d'autre déjà que l'étendue verte d'un terrain de golf, et me disant qu'au fond j'étais fait pour ça : jouer au golf.

[illegible] Lise. Il ne sait pas [illegible] Avant [illegible] [illegible] Lise, le [illegible] dans le volume [illegible]

[illegible]

[illegible]

Mais [illegible]

[illegible]

[illegible] gris.

13

Le green décrivait une légère pente incurvée et il fallait que ma balle descende, à peine à gauche du trou, pour terminer à droite en profitant de la pente. Il est toujours plus dur de putter en descente qu'en montée, a dit Édouard. Un grand joueur de golf s'arrange toujours pour approcher le drapeau par en dessous, le moins possible par au-dessus, à cause de cette règle : qu'on maîtrise moins une balle qui descend qu'une balle qui monte. Alors il m'a regardé en position, il a regardé la balle et la distance vers le trou et m'a dit : Allez, vas-y, Sam, il faut que tu la rentres, celle-là. Je crois qu'il y a eu un court silence mais ce dont je suis sûr, c'est qu'il a ajouté :

Imagine que tu joues pour un million de dollars.

Sur son front j'ai cherché s'il était sérieux ou si quelque chose se lisait sous ses rides, parce qu'il y a eu comme une secousse à l'intérieur de moi, à cause de cette expression, un million de dollars, cette expression dans la couleur du ciel qui semblait avoir changé si vite, j'ai pensé : il ne peut pas dire ça par hasard, il ne peut pas parler d'un million de dollars par hasard, non, il n'y a pas de hasard là-dedans.

J'ai repensé à William Blake, j'ai repensé au grain de sable et à ce monde entier qui s'écoule en lui : si William Blake avait vécu ma situation à moi maintenant, pour sûr il n'aurait pas écrit ce qu'il a écrit, mais j'ai pensé que William Blake aurait pu écrire quelque chose comme : « Un million de dollars et le monde entier s'écoule en lui ».

Il avait les yeux baissés vers le sol. Il agitait son club comme un pendule scanderait les secondes qui restent à vivre, je le regardais et je ne savais pas quoi faire. Eh bien joue, il a dit, joue. Alors j'ai fait comme si de rien n'était, j'ai repris mon putter presque tranquillement, je me suis penché sur la balle presque tranquillement, je me suis préparé à tout oublier, à seulement regarder l'herbe, la balle blanche et le trou à cinquante centimètres, et je me suis remis en position. J'ai regardé Édouard encore, attendu qu'il dise quelque chose une fois pour toutes, j'ai regardé la balle à nouveau et j'ai tapé. Et j'ai rentré le putt.

C'est qu'entre golf et gold, j'ai dit pour rire, il n'y a qu'une lettre d'écart.

Mais quand j'ai relevé la tête à nouveau pour me forcer à sourire et faire comme si de rien n'était, à cet instant je sais maintenant que je n'ai pas rêvé quand je l'ai vu, là, devant moi, avec mon panama sur la tête.

Et ça ne m'a pas fait rire.

Il continuait de balancer son club entre ses doigts, il continuait de regarder le sol et l'air de celui qui va dire quelque chose de capital. Mais il n'a rien dit, Édouard, il s'est mis à marcher vers le trou suivant, ou plutôt si, il a dit doucement comme ça, il a dit : Pas sûr qu'on n'ait pas un peu de pluie avant ce soir.

C'est peut-être là que j'ai eu l'impression que certaines choses prenaient sens, que les mois passés à calmer les nerfs sur des terrains de golf, que tout ça s'était écrit pour ce jour, pour ce moment-là. Je n'avais pas peur, c'était comme une communion avec la nature alentour. Combien de fois j'avais entendu ça, combien de fois j'avais ri de les entendre, tous ces golfeurs stupides, communier avec la nature ? Mais ce jour-là, Édouard devant moi, sa silhouette, les grands arbres et l'eau qui déjà l'éclairait, tout cela, oui, j'ai compris enfin la communion, quand tout est silence autour. Alors joue, il a dit. Et j'aurais voulu répondre que non, que ce n'était pas la peine qu'on joue, que le mieux c'était qu'on s'explique ou qu'on en finisse tout de suite, avec ce fer 7 qu'il continuait à balancer sans cesse devant lui, les yeux baissés, nerveux, impossibles qu'il gardait vers le sol à cause de cette histoire d'argent, à cause de ce million de dollars et de ce panama qui couvrait d'ombre son regard.

Et je pensais au nombre de fois où j'avais laissé la balle dans l'eau sur ce trou n° 2, à cause des cent trente mètres qu'il fallait accomplir pour avoir une chance de passer par-dessus. Mais cette fois, l'eau, la profondeur, le silence qui régnait dans les grands pins autour, cette fois je ne remerciais pas le ciel d'avoir conçu des arbres pareils, épais et persistants, ne laissant filtrer de lumière que le peu qui permettait d'éclairer les corps mais qui de derrière les rendait invisibles. J'ai joué, j'ai frappé comme jamais, et j'ai passé l'eau. Il faudrait toujours jouer comme ça, ai-je pensé, avec un fer 7 au-dessus de la tête.

Maintenant j'attendais qu'il me frappe d'un coup de fer dans la tempe, dans le front, dans la tête, et en un sens ça me soulageait, parce que c'était comme un poids qui s'en serait allé sur l'herbe.

Mais qu'est-ce que tu veux, j'ai dit, qu'est-ce que tu veux ?

Alors à son tour il s'est placé devant sa balle, et posément presque il a dit : je veux Lise.

Il y a eu l'air fendu de son swing, le bruit sec et fouetté du contact, sa balle droite et sifflante. Mais là-haut, là-haut dans le ciel gris, quand la balle dans sa courbe s'est perdue un instant par contre-jour, quand l'eau se taisait sous le fouet du lancer, il y a eu le prénom de Lise qui est monté avec la balle. Ça n'avait rien d'un visage ni d'un nom, Lise, rien d'une clarté ou d'un souvenir, mais seulement, à cet instant précis, la condensation immobile de tout, comme si mon cerveau s'était défait vers l'intérieur de moi, comme ça fait peut-être au fond d'un trou noir. J'ai pensé : c'est ça, Lise, un trou noir.

Plutôt être en prison à vie, j'ai dit.

Il ne m'a pas répondu. Il ne m'a pas répondu parce qu'il n'a pas écouté, parce qu'il regardait sa balle atterrir et s'arrêter là-bas, juste devant la mienne, au-delà de l'eau, sur l'herbe rase du green. Sa balle et ma balle à ce moment, j'ai pensé qu'elles avaient plus à se dire que nous. Mais je me souviens avec quelle condescendance il a ajouté, de ce visage assuré de victoire et de maîtrise, il a ajouté :

Demain 16 h, à l'hôtel des ventes : mon silence contre Lise.

14

Le port continuait de rouiller. Les entrepôts rouillaient. Les tôles rouillaient. Les bateaux rouillaient. La mer rouillait. Même les hommes, les quelques égarés qui continuaient de remuer la poussière des quais, on ne savait plus déjà si le soleil, le sel, l'iode, ou simplement le reflet de la rouille partout, on ne savait plus ce qui avait cramoisi leur peau. Les toits rouillaient, les parpaings rouillaient, les camions rouillaient, les rails à demi enterrés dans le sol, à demi recouverts de terre sèche, les cuves au loin recueillant autrefois le pétrole, tout rouillait. L'horizon rouillait. Les grues s'élevaient sur leur socle rouillé, les cargos se tenaient sur leurs cales rouillées et les cheminées des usines se découpaient rouillées dans le ciel. J'ai fait le bilan des derniers jours. Toutes ces années à regarder la télévision, à marchander les programmes sur un soupir, tout ça est passé bien vite en regard de ceux-ci, les derniers jours.

À part ça rien. Rien que les mêmes sentiments pareils. La peur pareille. La rouille pareille sur mon balcon de fer. La marée d'abord haute puis basse puis haute. Les rochers recouverts d'eau puis découverts puis recouverts d'eau.

Je me souviens de ton visage ce matin-là, Lise, nous deux accoudés à la balustrade, le port au loin qui empêchait la ville de se noyer. Et je n'en finissais pas de te dévisager. Mais c'était comme si j'avais vu un fantôme malgré l'éclat de ton teint, malgré ta jupe rouge et ton sourire très frais, quelque chose comme un spectre quand tes yeux, surtout tes yeux, semblaient ne plus t'appartenir.

Je me souviens de nous deux silencieux de longues minutes, et de tout cela qui dehors semblait s'entretenir avec nous, nos regards fixés vers loin, et ton silence, ton long silence qui résonne encore à mes tempes.

Je le ferai, elle a dit, j'irai voir Édouard.

Tu ne le feras pas, Lise. J'irai en prison s'il le faut mais pas Édouard, j'ai dit, pas lui.

Alors j'irai en prison avec toi, elle a dit.

Elle rattachait ses cheveux, l'épingle au coin

de la bouche, les tenant des deux mains, c'était comme si elle avait dit des choses normales dans le jour naissant, quand on distinguait à peine encore la séparation du ciel et de la mer au loin, jusqu'aux derniers bateaux au large. Appuyé de tout mon poids sur la barre de fer du balcon, je croyais qu'elle se descellait à cause de mes jambes qui ne sentaient plus rien, ni aucune autre partie de mon corps pour garantir encore que la pesanteur, que le monde normal et les lois physiques qui le régissent, que tout ça était encore en vigueur. J'ai essayé de me représenter cela, Lise en prison, non pas Lise dans une cellule de trois mètres sur trois, non pas Lise enfermée et pleurante, mais peut-être le jour d'après, les quinze ans après : sa sortie dans la rue, le rendez-vous qu'on se serait donné, ses cheveux cassés. J'ai essayé de me représenter cela. Les quinze ans plus tard. Mais je n'ai pas pu. J'ai vu Lise et l'absence de Lise.

Tu n'iras pas en prison, Lise.

Alors toi non plus, Sam.

J'ai essayé encore de fixer mes yeux loin, le plus loin possible mais je ne les voyais plus, à cet instant je ne les voyais plus, ni les toits ni les bateaux au large, ni la ligne d'horizon, seulement plus que des morceaux défaits de couleur ou de brume et qui se mêlaient à sa voix qui faisait comme une menace mais pour me dire quoi encore que je puisse entendre, rien, rien que sa voix elle-même capable de résonner sans plus qu'un mot ou une phrase ne s'accroche à son timbre, rien d'autre que le glissement de syllabes qui s'amortissaient lentement dans le trajet d'elle à moi pour devenir fantômes, fumées glissant dans le flou de moi et de mes yeux vagues, là où dans mon esprit ne se tenait plus que cette bête question, cette bête question de savoir si deux personnes sur terre ont jamais vu un jour la même ligne d'horizon.

Elle s'est mise à pleurer. Mais je ne la regardais plus, je ne l'écoutais plus, faisant encore que ses pleurs se perdent dans l'air sans que je sache alors ce qui dans le son de sa voix faisait que tout s'était mis à vaciller infiniment, son visage que je ne supposais plus que derrière nos larmes maintenant communes parmi lesquelles se tenaient insistantes ces ultimes paroles qu'elle a ajoutées : C'était mon idée, Sam.

15

C'était ton idée, Lise.

Mais c'est moi qui t'ai dit de m'attendre là, dans la voiture, que je n'en avais pas pour longtemps. C'est moi qui y suis entré, dans le grand hall de l'hôtel des ventes, ma silhouette réduite à force de glaces en guise de murs qui élargissaient l'espace et dans lesquelles, quelquefois, j'évitais mon regard. Je n'aurais pas su dire alors si l'inquiétude ou la honte sous mon crâne, si elle filtrait dans l'air climatisé du hall mais je sentais les gouttes transpirées sur mon front qui trahissaient la couche de fond de teint posée sur les rougeurs, à force d'essayer de passer pour un client normal. À l'accueil, j'ai demandé si je pouvais voir Édouard Delamare, maître Édouard Delamare, ai-je précisé.

On m'a dit que ce ne serait pas possible parce qu'à cette heure-ci il y avait une vente dans la grande salle. Et bien sûr j'y suis allé dans la salle, assez bête à cet instant pour n'avoir pas compris de quoi il retournait, une vente ce jour-là à cette heure-là, assez bête pour entrer là l'air normal et le cherchant derrière son estrade, et le trouvant bien sûr. Mais à ce même moment où je l'ai vu, j'ai vu aussi derrière lui, en face de moi, exposé à la vue de tous, j'ai vu mon panama.

Évidemment.

Évidemment, ai-je répété pour moi-même, tandis que je me faufilais dans le fond de la salle, seul dans ma tête et sentant dans mon dos la masse des curieux debout derrière, comme cinquante projecteurs braqués sur moi et la sueur déjà qui coulait dans mon dos.

Je me souviens encore du chiffre en jeu quand je suis entré là, deux mille trois cents euros pour je ne sais plus quel bibelot, et déjà mon cœur battait fort d'entendre ça, deux mille trois cents à ma droite, deux mille quatre cents devant, dirigeait Édouard de derrière son estrade, et l'un ou l'autre des acheteurs s'apprêtant à lever la main pour deux mille cinq cents, deux mille cinq cents, adjugé vendu, avec leur manière à eux d'enchérir, tous, le même air suffisant, impassible presque, qui par de simples battements de cils signifiaient au commissaire l'enchère voulue, je m'en souviens, ce gros homme au troisième rang qui n'arrêtait pas d'enchérir sur n'importe quoi, et cette femme derrière qui montait sans qu'on entende le son de sa voix, et Édouard en costume sombre, la voix toujours droite, concentré comme une machine à faire monter la sueur.

Parce que c'était comme si là, pour moi, dans cet hôtel des ventes de province, s'étaient vendus des tableaux inestimables, et que pour clou de l'après-midi se profilaient *Les Tournesols* de Van Gogh. Quand pour clou de l'après-midi il y avait un petit panama que venait de présenter sommairement maître Édouard Delamare dès qu'il m'a vu entrer, un panama en paille d'Équateur.

Ce magnifique panama, a dit exactement Édouard quand il l'a posé sur son bureau, l'exposant à tous, et le faisant tourner pour montrer à chacun qu'il n'avait pas de défaut. Et pour la première fois j'ai vu Édouard sourire. Méchamment, mais il souriait.

Pour ce chapeau de paille artisanal, mise à prix cent euros. Et je savais, là, dans cet enfer, c'était mon tour. J'ai pensé à toi, Lise, qui m'attendais dans la voiture. J'ai pensé que c'était bien que tu ne voies pas ça. Édouard a tourné la tête vers moi, comme pour m'expliquer que c'était maintenant, le sourire toujours sur son visage et la fièvre illisible sur mon front. Cent vingt, j'ai entendu, cent trente. Il y avait ma main qui ne voulait pas se lever, comme si elle m'avait dit qu'elle savait ce qu'elle avait à faire, que c'était elle qui décidait et pas moi, cent quarante à ma droite, cent cinquante à ma gauche, et moi je continuais à me taire, cent soixante, a dit Édouard, cent soixante une fois, cent soixante deux fois, tandis qu'il avait fermé son sourire désormais pour un ordre muet, qui signifiait : maintenant Sam, maintenant. Alors sans qu'on voie ni ma peur ni mes doutes, en mesurant mon geste, la main seulement que j'ai mise à hauteur de ma tête, sans non plus trembler dans la voix, assez fort pour tout le monde, j'ai lancé : deux cents.

Deux cents.

Il faut y être allé une fois pour comprendre, la première fois qu'on monte une enchère, la première fois qu'on signale sa présence, à cet instant quand c'est soi qui mène le jeu pour la première fois et que d'un coup on devient le centre de la salle. Personne ne se retourne, personne ne vous regarde mais soi tout seul on se regarde assez pour savoir qu'on est au centre. C'est comme un souffle qui se promène tout l'après-midi sur les visages, une âme qui tourne et s'arrête sur chacun quand il signe l'enchère. Alors à cet instant-là, quand on sait qu'il faut y aller, que c'est maintenant ou jamais, il y a la tête qui tourne, l'hésitation plusieurs fois, les mains qui tremblent, parce qu'on ne peut jamais savoir avant si c'est l'instant qu'il faut, si le commissaire-priseur va comprendre, et si on est crédible dans une salle des ventes. Le regard du commissaire, c'est comme le souffle de Dieu qui se pose sur vous et vous remplit en chiffres, d'un simple index porté sur soi, passant par-dessus tous, les frôlant par l'épaule pour aller chercher son regard à soi, quand d'un seul léger mouvement de tête, ce regard, c'était comme un train à grande vitesse qui leur serait passé dessus.

Et il a pris l'enchère. Deux cents au fond à gauche. Il y avait mon cœur qui depuis longtemps battait fort, et je sentais les billets à l'intérieur de mes poches par liasses humides à force de sueur partout sur la peau, à force de chaleur dans cette salle, des murs rouge carmin, grenat, qui faisaient comme une étuve au milieu des acheteurs, et de savoir qu'il ne fallait pas que ça rate, deux cents une fois, alors mes mains se sont serrées l'une dans l'autre, et à l'intérieur de moi je me disais qu'il ne fallait pas que quelqu'un monte, que ce gros homme au troisième rang, que cette femme, que pour une fois ils se taisent et qu'on en finisse avec cette comédie.

Deux cents une fois, deux cents deux fois, et jouant le jeu de celui qui va rabattre son maillet sur la table, il avait le bras levé qui ne manquait plus que de retomber, de frapper le bois devant toute cette foule à attendre quel retournement, alors combien, le prochain, combien il va mettre ? Trois cents ? Cinq cents ?

Deux cents trois fois adjugé vendu pour monsieur au fond à gauche, ce magnifique chapeau de paille de grande tradition.

Je crois que c'est à cet instant-là, dans le nouveau sourire gratifiant d'Édouard, sa presque manière de me féliciter, c'est à cet instant-là que j'ai compris ce que c'était que perdre.

Avec cette seule pensée je suis retourné à la voiture. Lise m'attendait toujours. J'ai posé négligemment le panama sur la banquette arrière et je lui ai dit : Il faut y aller maintenant, il t'attend. Il y a eu le bruit de la portière claquée, le silence : Lise était partie.

16

Je suis resté là, devant l'hôtel des ventes, posé au volant sans démarrer, l'appuie-tête qui faisait comme un divan tellement ça me reposait de n'attendre plus rien, seulement sentir l'échec monter en moi comme un sentiment frère. Calé sur le siège conducteur, je les attendais bien sûr, comme un chauffeur de taxi, j'attendais qu'ils sortent tous les deux, et peut-être qu'il l'embrasse, n'importe où, là, dans la rue, sur le trottoir, sur le perron de l'hôtel des ventes, qu'il l'embrasse devant moi.

Ils sont sortis, Lise à côté d'Édouard, et il l'a prise par la main, de cette poignée ferme et close comme un cadenas, il l'a emmenée vers sa voiture, et je voyais bien qu'il l'emmenait de force, qu'il étirait son bras pour la faire venir, et que ni moi ni elle, il n'y avait rien de possible que de se taire quand j'aurais voulu crier, parce que c'était comme un enlèvement sous mes yeux, un kidnapping j'ai failli dire, c'est un kidnapping, quand je l'ai vue s'asseoir sur le siège passager de la Jaguar, la portière qu'il a refermée sur elle, pendant que je m'énervais seul, de cette pensée qui déroulait maintenant son infernale autonomie, comme une batterie haut voltage qui tambourinait à l'intérieur, et c'était comme de l'énergie statique en moi, de l'énergie lourde, pénible, comme un scénario bancal de ce qu'il faudrait faire ou ne pas faire, pourvu qu'à un moment ce soit possible, seulement possible d'effacer à jamais les traces de nos regrets. Il ne m'est venu que ce mot-là à la bouche : regrets.

Ils ont démarré. J'ai démarré aussi. Je n'ai pas mis de musique dans l'autoradio. Je n'ai même pas fumé de cigarette mais j'ai quand même entrouvert la fenêtre pour me donner un peu d'air dans la nuit. J'ai tendu ma main vers la boîte à gants pour vérifier que mon revolver était bien là, comme pour donner du sens à tout ça. J'ai roulé comme ça dans la ville, l'air tiède qui brassait mon visage, les vitrines et les rues qui défilaient dans le rétroviseur, sur la lunette arrière, et l'impression d'être au cinéma quand l'écran bouge derrière alors qu'en vérité la voiture est immobile, comme si j'avais tourné le volant machinalement dans de faux virages, dans une fausse voiture, dans un faux monde. Une vraie histoire, pensais-je en continuant de rouler loin derrière eux, leurs silhouettes à peine découpées dans l'intérieur sombre de la Jaguar.

Je les ai suivis jusqu'à la maison, la toujours même maison, me redisais-je encore et secouant la tête de désolation à les imaginer comme un couple normal dans une vie normale, quand je les voyais déjà, lui sur elle dans la pénombre forte. C'était comme des diapositives sous mon crâne et projetées là de force, et il était heureux, dans ma tête il était heureux de leurs âmes serrées, à cause du vent dehors et des arbres voyeurs, à cause de quelque chose qui ressemblait à l'amour, les arbres tout autour qui se courbaient sous l'air vif et se penchaient sur eux.

Je me suis garé loin pour ne pas éveiller les soupçons. J'ai pris le revolver. Je ne m'en servirai pas. C'est écrit que je ne m'en servirai pas, mais je l'ai pris. J'ai longé les hauts murs de pierres en baissant la tête, le dos courbé comme un voleur, en approchant doucement, en surveillant la nuit et les ombres qui la dérangeaient, oui, comme un vulgaire voleur, mais depuis longtemps mon orgueil je l'avais plié au fond d'un sac, alors comme un vulgaire voleur j'ai enjambé le mur et je me suis tapi là, dans le jardin, dans l'ombre. Et je les voyais, devant la mer, posés là comme des ombres chinoises.

Lise n'a jamais dit : embrasse-moi. À personne. Mais d'un regard ou d'un geste c'était comme un ordre qui serait venu de très loin, de très au-delà de ses yeux clairs, habités par quelle force étrange qui contraignait les êtres à se plier ainsi. Et comme contrainte, ai-je pensé souvent, comme contrainte il y a pire. C'est vrai, il y avait pire pour lui ce soir-là quand il l'a embrassée pour la première fois dans la lumière de la lune, son éclat dans la mer qui baignait leurs visages, lui se penchant sur elle, une main qu'il glissa dans son dos comme pour la retenir du vertige qui le prenait, et le cœur battant fort comme à chaque première fois.

Par quelle chimie possible ce serait comme une délivrance pour moi, ce baiser qui adviendrait si tardivement, les phares éteints de la Jaguar en arrière d'eux, tandis qu'ils s'approchaient l'un de l'autre comme des adolescents qui ne savent pas quoi faire de leur corps. Et je les suivais du regard, au-delà de la jalousie, au-delà de la souffrance mais le spectacle d'elle dans la nuit sous la lumière à peine distincte du ciel, le spectacle de lui qui ne te lâchait plus, Lise, comme une mouche à son réverbère, oui, comme une mouche.

Je le revois, s'appuyant des deux mains sur le muret de pierres qui faisait comme une digue et repoussait les flots, on aurait dit qu'il convoyait un navire, vieux capitaine dans la marine marchande, immobile sur le pont avant, et le jardin lui-même faisait comme une proue. On aurait dit aussi qu'il avait ordonné à la lune de se tenir là dans le ciel silencieux, aux oiseaux de se taire sous l'effet de la houle, et qu'il avait marqué d'une croix blanche l'emplacement de chaque chose, dessiné l'horizon de ses mains, l'île sombre dont on entrevoyait encore les falaises de granit, l'air tiède et iodé de la mer, tout semblait orchestré par lui, pour lui, et là-haut, tout là-haut, ressentais-je, les dieux lui avaient obéi.

Maintenant la lumière de la lune tombait sur le jardin et le vent, non, il n'y avait pas de vent en fait, il était tombé lui aussi, tout tombait ce jour-là. Tout cela tombe en morceaux, ai-je pensé, cela dure depuis longtemps, la mer, la maison, la poussière, tout s'écroule. Cette maison n'a plus de sens, cette maison n'a peut-être jamais eu de sens mais aujourd'hui, c'est certain qu'elle n'en a plus, ni elle, ni les pins ombrageux, ni la mer, ni la roche alentour. Si je m'écoutais j'y mettrais le feu, et je resterais devant à la regarder brûler, les arbres ça brûle bien et toutes ces poutres au plafond, non, je n'y mettrai pas le feu.

J'ai repensé à combien de jours passés à seulement marcher, Lise et moi, et regarder le ciel, se disant alors, moi, pour moi seul, que sur terre jamais il n'y avait rien eu d'autre. J'ai repensé aux cigarettes sur le balcon. J'ai pensé que quelquefois on ne demanderait pas autre chose au monde.

Il ne faisait pas nuit complètement, à cause de la lumière naturelle, celle venant du ciel ou de la mer, et par l'effet d'un miroir, la lumière, elle remplissait la nuit comme diluée pour eux deux. Je pensais déjà : un jour quelqu'un les remplacera ici, fera tailler les roses et couper les grands arbres, retapissera les chambres et repeindra les grilles. Même l'odeur du tabac disparaîtra sous les plis des tentures. Il y aura toujours la colère des arbres les jours de grand vent, toujours le lierre qui grimpe et les hauts murs de pierres. Il y aura toujours l'air froid qui passera la cheminée, la même couleur de ciel entre les bois des fenêtres, toujours l'odeur humide, la chaleur du grenier. Il y aura des traces, toujours des traces d'eux, il faut que vous le sachiez.

Toujours là dans l'ombre, j'ai fini par m'approcher au plus près de la Jaguar. J'ai ouvert la portière, silencieux, et je me suis mis au volant. Il s'en est fallu de peu pour que je parte avec, sûrement c'est ce que j'aurais dû faire, c'est ce que n'importe qui aurait fait à ma place mais moi non, moi je suis resté là assis et j'ai allumé l'autoradio. Il y avait le disque de Chostakovitch posé là et je l'ai inséré. Vas-y, Édouard, embrasse-la encore. Fais-le, disais-je, rempli de cette seule question qui me venait à l'esprit, mais ce n'était pas une question, une idée plutôt, celle que tout serait fini bientôt, que bientôt la vie changerait vraiment, oui, comme une ritournelle obligée qui habitait ma nuit et me rendait insomniaque, je m'entendais le dire comme toi, Lise, que bientôt la vie changerait.

Mais comme j'aurais aimé savoir lire sur les lèvres, comme j'aurais aimé t'entendre, Lise, à travers les vitres de la voiture, sous les bruits supposés de l'écume sur les pierres, et savoir, savoir chaque parole échangée, quand aujourd'hui encore je n'arrive pas à imaginer ce que tu as pu lui dire, à chaque minute qui pesait sur moi comme une chape de plomb, à chaque mot mal dessiné sur le relief de ta bouche. Alors est-ce que j'ai rêvé quand j'ai cru lire sur tes lèvres encore, comme en lettres muettes, le mot « insoupçonnable » ? Mais ce n'est pas possible, Lise, ça n'aurait eu aucun sens, n'est-ce pas ? J'ai ri tout seul de mes doutes. J'ai ri d'avoir cru que tu lui avais souri. Tu ne lui as pas souri, n'est-ce pas ?

J'ai pensé : non, c'est pour notre bien, tout ça, pour notre bien. J'ai pensé ça une fois, j'ai pensé ça deux fois, mais à la troisième fois j'ai senti des larmes qui montaient. Je me suis demandé si c'était à cause de Chostakovitch, à cause de la même valse épuisée, mais quand j'ai compris qu'il y avait du chagrin là-dedans, quand j'ai compris ton visage qui s'inscrivait maintenant en surimpression sur le pare-brise, je me suis effondré. Avec la télécommande au volant, par quelle pulsion de haine j'ai mis le volume à fond. Le luxe absolu, j'ai pensé. Je crois que j'ai chantonné sur l'air de la valse. Et je te voyais encore, Lise, dans la nuit bleue, je te voyais mais dans ma tête il n'y avait plus rien. La valse épuisée peut-être. Le mot dollar. Le mot nuit. Le mot sœur peut-être.

CET OUVRAGE A ÉTÉ ACHEVÉ D'IMPRIMER LE PREMIER DÉCEMBRE DEUX MILLE HUIT DANS LES ATELIERS DE NORMANDIE ROTO IMPRESSION S.A.S. À LONRAI (61250) (FRANCE)
N° D'ÉDITEUR : 4629
N° D'IMPRIMEUR : 090722

Dépôt légal : janvier 2009